徒然Cafe

北野坂偵探舍

人物心理描寫不足

河野裕

つれづれ、北野坂探偵舎——————心理描写が足りてない

徒然珈琲
Kitanozaka

MENU

序章……005
尋書幽靈的謬誤……021
迷子之迷……091
人物心理描寫不足……139
抒情的火焰……217
終章……251

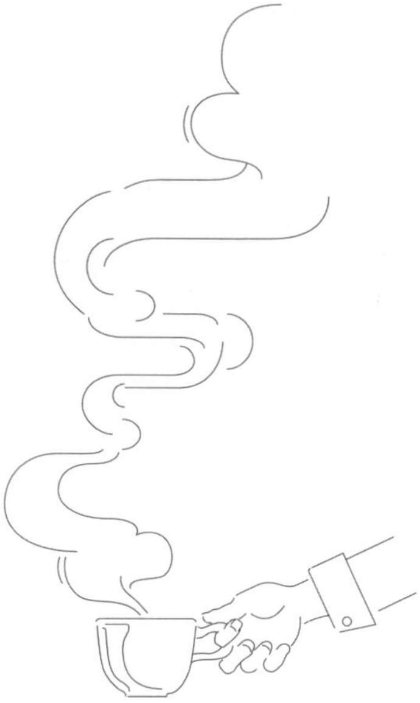

CAFE TSUREDURE

佐佐波蓮司

北野坂的偵探舍社長兼咖啡店老闆，
有一雙陰陽眼。雨坂續的前責編。

雨坂續

追求快樂結局的慵懶作家，
要睡上十二個小時才會清醒。
現任責編是一名大嗓門的能幹女性。

1

序章

徒然珈琲 Kitanozaka CAFE TSUREDURE

眞是不可思議的兩人組，由紀心想。

一位男性身材高大，穿著毫無皺摺的深藍色西裝，同色的條紋襯衫上配著打溫莎結的暗紅領帶。兩手插進口袋，高大身型仰靠著椅子。

另一位青年身材瘦削，白色翻領襯衫搭上鮮綠色外套，鼻上架著銀邊眼鏡。相對於另一人，他用修長的手撐著臉頰，臉上帶著隱隱約約的笑意。

他們兩人背對彼此，面朝完全相反方向而坐，距離近到後腦勺幾乎相碰。然後，他們就這樣坐在名爲「徒然咖啡館」的店深處座位隨性交談。

小暮井由紀坐在一旁，豎耳傾聽他們的對話。

「就像紅酒杯那類東西，就機能上來說，不用也無所謂。」

深藍條紋襯衫的男人這麼說，他端起桌上的咖啡杯。

「就算用這喝紅酒，紅酒的味道也不會差太多。起碼對外行人來說應該不會有差。但每個人要喝紅酒時，都會特地使用紅酒杯。你覺得這是爲什麼？」

到底爲什麼呢？由紀仍是未成年人，不太熟悉紅酒，依稀知道這可以避免掌心溫度影響紅酒，所以要使用有杯腳的酒杯。這就是原因嗎？

咖啡杯雖然沒杯腳，但有把手，因此應該也可用。

「我先來告訴你表面上的答案。」綠外套的男人撐著臉頰開口。

「紅酒的味道會因爲酒杯變化：用寬口杯的話，舌尖會先碰到紅酒，用窄口杯則是舌頭後方碰到紅酒。舌頭不同部位負責不同味覺，所以透過酒杯調整舌頭接觸紅酒的位置，可以更敏銳地品嘗紅酒。」

原來如此，每件事都有其道理，由紀暗自佩服，但深藍條紋襯衫的男人卻聳聳肩。

「所以我才特地在稿子中加註釋啊。酒杯造成的味道差異並不會明顯到外行人也能察覺，而且便宜餐廳用的酒杯都一樣，不會選擇不同酒杯。」

「我事先告訴過你，我只是先給你表面上的答案。」

「直接談實際一點的內容吧，現在不流行冗長的句子。」

「爲流行下定義這種行爲太膚淺了，這會促進出版業的衰退。」

「但有必要啊，你難道不知道市場行銷嗎？」

「所謂的市場行銷，是做出迎合顧客需求的東西並送至顧客手上，而不是指搭流行便車，趁機大賺一筆。」

「你要批評編輯部的話，去對你的現任編輯說吧。」

「我說的是常識。而且撇開聲音有點大這點，我並無不滿現在的編輯。」

「你之前才對書腰的設計大發牢騷。」

「我說與我的想像有些出入。我的工作是寫書，編輯部的工作是賣書。我還不至於比手畫腳對方的工作領域。」

「喂喂喂，我是你責編時，你可是牢騷不斷啊。」

「我大多是提出讓作品更好的建議，打從心底不滿發牢騷也才兩次而已。」

「明明是至少**就有**兩次。」

「任何事都有例外。」

小暮井想，目前已知的事有三件。

第一件事，他們的聲量隨著爭辯逐漸提高；第二件事，綠色外套的男人是小說家，深藍條紋襯衫的男人曾經是他的責編；以及第三件事，兩人的對話非常容易偏離主題。

「總而言之，」深藍條紋襯衫的男人提高聲量。「回到酒杯的實質意義吧，快點繼續話題。」

綠外套男人修長的指尖在桌子輕敲兩下。

「雖然是有點無趣的答案，不過我認爲應該是觀感吧。人基本上不喜歡做出突兀的行爲。比較好的說法是，用咖啡杯喝紅酒太缺乏情趣。」

另一人滿意地點頭。「同理可證，洋裝也一樣。」

終於回到原本的主題。

他們的談話其實是從窗外的洋裝開始。

＊

那是五分鐘前的事情。

小暮井由紀閒得發慌地眺望窗外。

名爲北野坂的坡道一路延伸到布引山，一名穿著淡藍色洋裝的女性走在坡道上。由紀記不太清楚女性長相，僅有顏色清爽，適合五月中旬時節的洋裝在她腦海留下印象。

那名女性卻在稍後擁有特殊的意義。

距離不到一分鐘，穿著幾乎一模一樣的女性也通過坡道。由紀一時還以爲是同一名女性往返經過店門前，但並非如此。第一位女性腳上穿皮革靴子，第二位女性卻穿高跟鞋。很難想同一人在這麼短的時間內換鞋子。

「關於穿著同樣洋裝，經過坡道的兩名女性，」綠外套的男人開口。「如果是你的話會想出怎樣的故事？」

深藍條紋襯衫的男人回答。「說故事不是我的工作。」

「偶爾試試不錯吧？就當稍微轉換心情，配合我一下。」

由紀完全沒料到背對坐的兩人彼此認識。

綠外套的男人敲打著筆記型電腦的鍵盤，深藍條紋襯衫的男人自顧自地打開厚褐色封套資料夾查看。起碼在由紀就座後，這是兩人第一次交談。

關於穿著同樣洋裝，經過坡道的兩名女性。

只是湊巧而已，由紀猜測。畢竟也不像是哪家公司的制服。

「偶然吧，我碰巧和認識的人買同樣款式的鞋。」

深藍條紋襯衫的男人如此回答，他和由紀意見相同。

綠外套的男人搖搖頭。「這樣的話，故事情節就無法展開了。」

什麼故事？輕率鋪陳情節也很令人困擾啊。由紀默默吐槽，猜想深藍條紋襯衫的男人大概會有同樣反應。

不過男人的反應出乎意料。

「說得也是，那我再想想看。」

他們背對背坐著，突如其來地圍著洋裝展開討論。

「其中一位其實是幽靈，這想法如何？活著的女性穿著過世女性的洋裝，而過世的女性幽靈跟在身後。」

「可能性有點低，既然我也看到那名女性，很難認爲她是幽靈。」

「說得也是，那麼——」

爲什麼突然談論起幽靈？

不可思議的兩個人，由紀想。

＊

由紀接下來一直豎耳偷聽。這行爲不光彩，但她非常在意他們。深藍條紋襯衫的男人得意地開口了：「也就是說，她們都受到刻板印象的影響，像喝紅酒要用紅酒杯，新年參拜要穿振袖和服。」

綠色夾克的男人用手抵著尖尖的下巴：

「五月十七號星期五這天穿藍色洋裝走上坡道，算什麼刻板印象？」

「坡道上有集會吧？」

「怎樣的集會？」

「怎樣都行，藍色洋裝愛好會也行。」

「實在是讓人聯想到紅髮聯盟的老套情節。」

由紀聽過紅髮聯盟，她記得是夏洛克．福爾摩斯其中一篇故事。雖然不清楚內容，但一定是紅髮人士組成的團體吧？

「還不夠。」

「還不夠？你指的是什麼？」

「光用藍色洋裝愛好會還是無法解釋所有伏筆。她們連耳環都一樣。」

這我倒沒注意到，由紀暗忖。

「你怎麼注意到那種地方？」

「第一位女性進入我的視線時，我就注意到她了。」

「你喜歡那種類型的？」

「不，完全不喜歡。」綠色夾克的男人輕快否定同伴。

講得這麼決絕，太過分了，由紀端起伯爵茶喝一口。

「第一位女性確認身後好幾次，這種一直回頭的女人很怪，非常讓人想知道她的故事，所以我開始觀察她。」

「你給我專心在稿子上啦，不然我又要被工藤罵了。」

「我不記得被她唸過。」

「你的稿子一遲交就是我遭殃。希望你能多留意一下我的故事啊。」

「不是挺好嗎?大受晚輩歡迎。」

「別說得那麼輕鬆,那傢伙的大嗓門震耳欲聾。」

「的確,她的聲音就像鈍器一樣強而有力。」

工藤小姐的事怎樣都好,快繼續講。由紀暗自催促。

「那傢伙力氣也很大,聽說她在全國柔道大會拿下不錯的成績。」

「我聽說她在田徑部擲過鉛球。」

「應該兩邊都有吧?總之,她喜歡把東西丟出去啦,不論是丟鉛球還是人。」

「這很符合她的個性,明明乍看外表挺嬌弱的。」

傷腦筋,由紀想,她開始對工藤小姐這人感興趣了。

這時,穿深藍條紋襯衫的人從口袋中掏出記事本。

「總而言之,統整一下設定吧?」

由紀在腦袋中羅列出一條條事項:可能是編輯,聲音像鈍器般強而有力,有柔道和丟鉛球的經驗,喜歡丟東西,乍看外表嬌弱。由紀的記憶正確,但完全搞錯重點。

「兩名女性的共通點是,穿著淡藍洋裝和戴著心型的銀製耳環,不同處是鞋子和神情。此外,根據她們的表情,第一位女性非常在意背後,第二位一直看前方。」

沒錯,由紀想到現在重點是:「走往上坡並穿著相同的兩名女性」,不是工藤小姐。

藍色條紋襯衫的男人在記事本上振筆疾書。

「你說的表情是什麼？」

「第一位面帶笑容，但第二位心情似乎不太好。」

「原來如此，還有其他嗎？」

「就這些了。」

爲什麼她們穿著同樣的洋裝？由紀試著思考緣由，但不知道答案。連耳環款式都一樣就很難用巧合來解釋。

深藍條紋襯衫的男人咧嘴笑了。

「那就開始吧，說書人。你想出什麼樣的故事？」

說書人是什麼？由紀因爲這個稱呼分心時，綠色夾克的男人輕快述說起來：

「登場人物共三人：兩人是穿同樣洋裝的女性，最後一人是她倆之間的某人。」

「某人是誰啊？」

「當然是追著其中一位女性足跡，同時被另一位女性跟蹤的人物啊。」

哦哦，深藍條紋襯衫的男人提高聲音。「雙重跟蹤啊。」

「這樣事情就對得上了。第一位女性很在意背後，第二位女性只看前方，揭開故事伏筆的關鍵必然存在這兩者之間。」

原來如此，確實很有說服力。由紀頷首，但深藍條紋襯衫的男人用力搖頭。

「等等，發展有點不自然。」

「願聞其詳。」

「問題有兩處：首先，前面的女性面帶笑容吧？如果知道背後有跟蹤狂，不可能若無其事。」

「第二點是？」

「就是服裝啊，也就是這個故事的開始。如果要尾隨跟蹤狂，根本沒必要穿一樣的洋裝，徒增注目而已。」

的確，這樣一講挺矛盾。由紀認同。

綠夾克的男人伸出食指。「這正是帶出第三人眞面目的伏筆啊，編輯。」

由紀探出身體。伏筆？對話愈來愈引人入勝。

深藍條紋襯衫的男人用原子筆敲著記事本。

「請你解釋這條伏筆，說書人。」

「答案只有一個：兩位女性都沒危機感。如此一來，第三人的設定只剩一個了。」

「她們認識的人……嗎？」

「是的，例如後方女性的男朋友。」

「爲什麼你知道是後方女性，而非前方的？」

「所有故事設定都指出這點啊。這是一個考驗，後方女性對男朋友的考驗。」

綠夾克的男人一臉得意地推正眼鏡。

「她不在後面就無法看見考驗所有狀況。她一心一意想知道結果，表情才那麼險惡。

至於為什麼前方的女性面帶笑容呢？因為她只是協助者。」

深藍條紋襯衫的男人皺起臉。「等一下，考驗是指什麼？」

「這位男性大概曾經將其他女性誤認成自己的戀人吧？因為兩人服裝相同才認錯人，這讓目睹一切的女性深感受傷。」

很難說吧？由紀評估起這個理論。

認錯容貌相似又穿著相同服裝的人算常見，根本不需計較。由紀不太能理解這種心情，不過世上可能有為此小題大作的人——由紀馬上想到幾個班上同學。

綠色夾克的男人繼續說。

「他當然馬上道歉了，真心誠意表示自己不再犯。」

「哎，讓女人發火也只能賠罪了。」

「但女友拒絕相信，所以才準備相同的洋裝設下考驗。」

「為什麼需要相同的洋裝？」

「因為故事需要爆點啊，當考驗結果揭曉時，兩位女性須穿相同洋裝站在一起。」

「因此特地買兩件一樣的衣服？」

「沒錯。」

「連耳環也是？」

「那位女性對考驗是很認真的。」

由紀倒能理解這份心情。如果一個人鑽牛角尖到對男友設下考驗，她自然沒有不全力以赴的道理。但深藍條紋襯衫的男人沉思片刻，再次搖頭。

「有一點我無法贊同。」

「什麼？」

「就是被戀人考驗的男人啊。他爲什麼要跟蹤自己的戀人？」

啊，說得也是，這有違常理。由紀思考著。

另一人泰然回答。「因爲男性是跟蹤狂。」

「喂喂，認眞一點回答啦。」

「我很認眞。」

「那樣的設定會毀掉到目前爲止的故事風格吧。」

「不，完全沒問題。跟蹤狂是這位被害者的戀愛對象，然而跟蹤狂卻尾隨在其他女性後方。作爲戀人，那位女性心中一定深深受傷吧？」

衝擊的眞相——不過好像很有說服力，但又好像沒有——認眞來講大概還是說服力不足，由紀默默下結論。

「不行，不採用，這不是你的寫作風格。」

深藍條紋襯衫的男人搖搖原子筆，而綠夾克的男人露出不悅的表情。

「我知道啦，我只是想試著走一點喜劇風格，小小轉換心情。更何況要把現在的故事情節修改成流暢的內容也沒多難。」

「怎麼改？」

究竟怎麼改呢？由紀豎起耳朵。

「改變男性的位置就好。」

綠夾克男人伸出食指在空中劃個圈。

「男人不是在兩名女性之間，而是待在前方：她們正在前往和男性約定的路上。她們抵達時，考驗才要開始。」

的確，這樣戀人就沒必要是跟蹤狂了。

「你不是說，那個男人應該在兩名女性之間？」

「我只是想試試跟蹤狂這種發展，才刻意如此暗示。事實上，前方的女性之所以多次回頭，也可能只是在意後方女性，這也行得通。」

「你這作法太狡猾了。」

「小說的本質之一就是巧妙地自圓其說。不過就這個觀點來看，這次好像失敗了。」

綠夾克的男人端起桌上的茶杯送至嘴邊。

「我可沒說情節不好，只是說你不是那種風格的作家。」

「編輯大人，我很清楚自己的寫作調性。第一次下筆時就知道了。」

兩人的對話戛然而止，隨後綠夾克的男人敲打起筆電的鍵盤，如同由紀剛進咖啡店時的景象，深藍條紋襯衫的男人從厚厚褐色封套中取出一疊紙。

——太厲害了。由紀在內心低語。那兩人從少許情報就推導出洋裝之謎的眞相，簡直像小說裡的名偵探。由紀帶著亢奮的心情端起桌上的茶杯，喝一口伯爵茶。

伯爵茶滑下喉嚨後，她卻注意到：

——咦，有點奇怪？仔細想就發現，他們的對話毫無像樣根據，絕大部分都是想像，此外他們還一再提到「故事」這個用字——他們不是在推理，只是在創作虛構的情節。

由紀不由得笑了。果然很不可思議，眞有趣。她的內心殘留著方才的餘韻，凝視雙方一會，暗自期待他們繼續亂七八糟的討論。

這時，深藍條紋襯衫的男人用力伸懶腰，伸出的腳踢到桌子，讓先前裝在褐色信封裡的紙飄落下來。紙張在空中左右滑動，最終飄到由紀旁邊，似乎是一張B5的傳單。

由紀反射性地起身撿起紙張。

「喔，謝謝。」深藍條紋襯衫的男人朝由紀露出笑容，讓由紀有點害羞。

「不會，呃，這個。」

由紀遞出傳單，但對方沒伸手，反而伸出食指比向頭上。

「這是這裡二樓的傳單。雖然掉到地上了，有點不好意思，不過妳願意收下嗎？」

「啊，好的，謝謝您。」

由紀不擅長與比自己大的男性說話，每每都會緊張。她回到座位，望著手上的傳單。傳單的設計完全透露出設計者毫無幹勁的心情，不但是黑白印刷，上頭也沒任何圖案，甚至連一個驚嘆號都沒有。

由紀的視線掃過簡潔的文面。

從尋找走失貓咪到靈異現象均可解決
令人安心的在地型名偵探——
如有任何疑難雜症，歡迎洽詢佐佐波偵探舍

嗯，超可疑，不管怎麼看都很可疑。

偵探舍本身就很引人懷疑，在地型名偵探的名號更讓人難以想像，感覺不太會遇到什麼大案件。雖然由紀沒有貶低尋找貓咪這件事的意思，但一手拎著魚乾在鎮上晃來晃去，似乎與名偵探的形象相差甚遠。

而最詭異的就是理所當然地寫在傳單上的「靈異現象」。

但正是最詭異的字眼，深深引起由紀的興趣。

□

回家的路上，由紀朝東走下北野坂，她在生田川附近的公車站注意到一名女性——一名穿淡藍洋裝的女性。由紀仍不知道事情的眞貌，說不定女性正從剛結束的「藍洋裝愛好會」踏上歸途。

但女性露出微笑，眺望河邊的長椅。

長椅上坐著一對情侶。

再正常不過地，女方也穿著淡藍色洋裝，而且浮出發自內心的笑容。

他一定通過考驗了。

而小暮井由紀打電話給偵探舍，則是隔天的事。

2

尋書幽靈的謬誤

書頁上塗有毒藥，
而且是人一碰到，
就會透過皮膚吸收並流遍全身的毒藥。
缺乏真實性，
讀者不會接受！

1

由紀接連兩天踏上北野坂的坡道。這條坡道一路從車站前延伸向布引山。當穿過星期六的熱鬧街道，通過中山手大街之後，坡度就會愈來愈陡。

這一帶開始，景色出現極大的轉變。

煩人的招牌從視野中消失無蹤，取而代之是在褪色磁磚投下深濃陰影的行道樹。行道樹和前方遠山相映，在視野內襯出鮮明的綠意。

樹皆是明亮的翠綠，山林則是略偏深沉的綠色，甚至連開下坡道的公車都灑上沉穩的綠影。在各式各樣的綠色中，錯落於道路兩端的紅磚花壇所呈現的紅色就特別醒目。

這樣一說，由紀記得以前學過紅綠是相對色，當時覺得非常不可思議，她深信紅色的相對色是藍色。

一接近前方的布引山，就會在左手邊發現一棟奇妙的建築物。建築外型就像童話中的魔女之家，是一棟古色古香的西洋建築。紅磚外牆上爬滿無數藤蔓，深色石階一路蜿蜒到房子的入口，房子的兩側還有如小型森林般繁茂的灌木叢。

這棟建築就是「徒然咖啡館」。簡單的白底招牌上，用宛如古典小說內文的字體不起眼地寫著店名。

昨天是小暮井由紀第一次拜訪徒然咖啡館。她當時抱著煩悶的心情踏上北野坂的坡道，發現這家咖啡店後，因爲一時衝動而進店。

說不定能遇到魔女，學會讓自己變得幸福的咒語——由紀當然不是懷著這樣的期待走進店裡，但相對地得知了不可思議的小說家與編輯。

由紀踏上石階，拉開店門。

這是一家給人安心感的咖啡館，店內擺設古董風格的圓桌與扶手椅，還有幾組酒紅色沙發的座位，雖然不是特別高級的家具，但非常有格調。

不會白到刺眼的白牆上裝飾著幾幅畫。咖啡店大概就是要掛幾幅畫或照片吧。假如是照片就好了，由紀想，她從八年前就不喜歡繪畫。

正當由紀注意牆上畫作時，迎來的女服務生朝由紀露出明亮的笑容。

「歡迎光臨，請自由選擇您喜歡的位子。」

「呃，不好意思，我在等人，我和偵探舍的人約好了。」

偵探舍指的是佐佐波偵探舍，由紀今天早上打電話預約，預約時間是下午兩點三十分。距離約好的時刻還差十五分鐘左右。自己可能到得有點早，由紀思忖。

女服務生的嘴角歪成近似苦笑的模樣，點頭發出小小聲的「啊」，然後向收銀台後方出聲呼喚。

「店長，二樓有客人來了。」

一個宏亮的低沉嗓音傳了回來。「知道了，我現在過去。」

裡面的廚房走出一名年約二十歲後半的男性。毫無疑問，他就是昨天穿著深藍條紋襯衫的男人，只是這次是令人意想不到的服裝：他穿著淡黃色圍裙，右手還拿著沾鮮奶油的打蛋器。

「恭候多時，妳就是小暮井小姐吧？」

「是的，呃——」

小暮井由紀一陣混亂。

他不是偵探舍的人嗎？為什麼偵探被服務生叫做店長，還從廚房裡走出來？那一身圍裙和打蛋器又是怎麼一回事？這太缺乏作為偵探的自覺了吧？

他靈巧地單手脫下圍裙，與打蛋器一併塞給女服務生。圍裙下則是深咖啡色的西裝。變得比較像個偵探後，他取出似乎是放名片的銀色輕薄盒。

「在下佐佐波，請多多指教。」

努力彎下高大的身體，男人——佐佐波先生遞出名片。

由紀反射性地回應並接過名片。名片上寫著佐佐波偵探舍社長・佐佐波蓮司。由紀輕輕吸氣，然後吐氣——冷靜想想，根本沒什麼不可思議，由紀說服自己。

「啊、是，請多多指教。」

這個人曾經是編輯，現在是咖啡店店長兼偵探，其中沒有任何矛盾。雖然不論從哪個觀點看，這男人和圍裙及打蛋器一點都不相襯，但那又怎麼樣？偵探的興趣是做蛋糕也沒什麼好指指點點的。

佐佐波先生爲時已晚地擺出瀟灑的姿態，伸出手掌示意店內深處的座位。

「我們到座位上談，請往這邊走。」

由紀跟在他的身後，踏出步伐。

音響流瀉著爵士風情的鋼琴曲，店內的客人不多。面對面坐在舒適沙發上的兩名粉領族正交頭接耳地談得起勁；一名微老的男性則戴著造型復古的老花眼鏡，盯著財經新聞大皺眉頭。

然後在最裡面的座位上，一位穿著鮮綠色外套的青年坐在那裡。他面朝牆壁，手撐著臉頰，桌上還放著他的筆記型電腦。

他是那位小說家。外套或是位子都和昨天一模一樣。絲毫不感意外地，佐佐波先生也和昨天一樣，背對著小說家在一旁的座位就坐。

由紀在佐佐波先生的對面坐下，試探性地詢問。

「請問一下，後面的那位先生呢？」

佐佐波先生疑惑地挑起眉毛。「怎麼了嗎？」

「我昨天見到你們兩位交談，想說這一位是不是也是偵探……」

「他不是偵探，雖然有時會請他幫忙。」

佐佐波先生轉過上半身，視線投向背後。

「喂，雨坂。」

坐在後面的男人似乎叫做雨坂。

雨坂先生一直盯著筆記型電腦，是不是在專心寫作呢，由紀猜想。不過事實和由紀的猜測有出入。佐佐波先生將視線從身後轉回來，並且搖搖頭。

「這傢伙好像睡著了。」

仔細一看的話，雨坂先生的頭正緩緩前後搖晃。

「這傢伙每天要睡十二個小時。」

「十二個小時？」這麼長的睡眠時間有點讓人難以置信。由紀每天平均睡八小時，就常被朋友念說睡太久。

佐佐波先生歪著頭問。「要叫他起來嗎？」

「不用了，等下次有機會的時候再向他問好。」

「這樣比較好。硬把這傢伙吵醒的話，他起床氣很可怕。」

由紀望著點頭打盹的青年身邊，那裡避人耳目似地有座不起眼的木製狹窄樓梯。

「偵探舍的事務所在二樓嗎？」

「是的，但不經過這家咖啡店就無法上樓，這樣挺麻煩吧。」

由紀不假思索地想點頭，但又覺得太失禮，改發出一聲不乾不脆的「唔」。

佐佐波的視線飄向咖啡店入口，他繼續說。

「如果談話內容需要保密，我就會用到事務所。但在咖啡店談的話，不論是咖啡還是紅茶，用來招待客人的飲料大致上都端得出來，而且店裡的甜點頗受好評。眞的有需要的話，酒類也一應俱全。」

最後應該是開玩笑吧，由紀禮貌性地笑了。

「我現在還沒成年。」

由紀今天春天才升上高中三年級。

佐佐波先生轉回視線，滑稽誇張地聳了聳肩。

「太可惜了，我們店裡甚至準備了眞正的琴蕾。」

「琴蕾？」

「由於某本偵探小說而變得有名的雞尾酒。」

這時，女服務生送上裝水的玻璃杯與菜單。佐佐波先生點了大吉嶺紅茶，由紀也點相同的飲品。

佐佐波轉向由紀，翻開菜單。「有興趣的話，要不要點甜點試試？」

菜單列著各種閃閃發亮的蛋糕照片。蛋糕當然很吸引人，但由紀搖搖頭，畢竟她今天特地爬上漫長坡道的目的不在蛋糕。

女服務生撤下菜單，轉身離去。

佐佐波先生從西裝內側的口袋取出黑色皮製的記事本。款式很常見，但與他高大的身型相比，就像玩具一樣不相襯。佐佐波先生接著拿出原子筆——一枝像鉛筆一樣呈六角形的銀色原子筆——並開口：

「讓我來來擺擺偵探的樣子，玩玩推理遊戲好了。」

「咦？」

「比方說，妳的委託和一名適合鮑伯頭髮型的小個子女生有關，對吧？她大概長期都穿著粉紅色病服臥病在床。而且遺憾地，她已經不在人間了。」

驚訝得屏住呼吸，由紀胸口一涼，全身血液都用一種她不熟悉的方式快速流動。圍裙和鮮奶油讓她大意了，眼前這男人是不得了的名偵探。

「你怎麼推斷出來的？」

佐佐波先生露出溫和的笑容。

「我沒推斷，剛剛只是做樣子而已。」

銀色的原子筆指向咖啡店的入口處。

「因爲剛才有位留著鮑伯頭髮型的幽靈在那裡遊蕩呢。她挺在意妳，我才猜妳們應該有關。」

由紀急忙轉過身，但不見幽靈，眼前只有單調的咖啡店風景。

「她已經走了。我和她對上視線沒多久，她就不知道上哪去了。」

佐佐波先生沉穩的聲音鑽入耳裡，由紀緩緩地將目光轉回他身上。

「她剛剛在嗎？千眞萬確？」

「當然，再厲害的名偵探，也無法說中不曾謀面的幽靈髮型與穿著。」

這就常識來想根本難以置信，但由紀不得不相信。

她從座位上站起。「不好意思，我——」

「妳追上去也沒用。」佐佐波先生制止由紀似地兩手舉在半空。「沒人追得上轉身離去的幽靈，他們比風還自由。不論是牆壁或天花板都不成阻礙，想飄到哪就飄到哪。」

由紀依依不捨地凝視著咖啡店入口才坐下。佐佐波先生用銀色原子筆指著由紀。

「妳也見過那個幽靈嗎？」

「是的。」

大約兩週前，由紀見到了她。

正因爲由紀看見明明已不在人世的她，才不得不相信幽靈的存在。

佐佐波先生稍微歪歪頭。「那麼，讓我們進入正題吧。妳的委託是？」

由紀點頭後思考一下該怎麼開口。「我希望你幫我找本書。」

「書？不是幽靈？」

「是的，我要找一本書。」

因爲看見幽靈，所以由紀必須找出那本書。

關於那本書，由紀只知道一件事。

書封是滿版的天空照片。那是傍晚時分的天空，但不是被晚霞染成一片通紅，而是靛藍色，還零星地飄著幾抹紫色浮雲。

由紀不知道書名，也不知道作者，連哪間出版社出版都不知道。唯一記得印著傍晚景色，留下深刻印象的封面。

由紀大致說明完畢，佐佐波先生開口。

「還有什麼情報嗎？」

由紀搜尋記憶，但一無所獲，畢竟她沒碰過那本書。但即使如此，由紀還是試著說出想到的資訊。

「可能是兒童讀物，因爲書收藏在小學的圖書室裡。」

由紀在八年前見到那本印著傍晚天空的書，而那時她還是小學四年級生。

佐佐波先生的眉頭微微蹙起，看起來像困惑的狗。

「那應該先查查圖書室吧？比起讓我跑一趟圖書室，妳自己查閱應該比較方便。」

「我已經去圖書室查過了，但還是找不到。」

由紀不由自主地皺眉，煩惱或沉思的時候，她總是有這樣的習慣。

「佐佐波先生果然……無法接下這樣的委託嗎？」

尋找書名或作者都不清不楚的書太難了，世上的書籍多不勝數。

佐佐波先生用銀色的原子筆輕輕敲打兩下記事本。「現階段還無法斷言，所以請告訴我事情的詳細經過：書與幽靈究竟有什麼關係？」

儘管由紀不擅長說明，容易搞不清楚該從哪邊又用什麼順序開始講。但只有這次，她非常確定故事的開頭該從何說起。

她特別要自己露出笑容。

「一年前，我的朋友過世了。」

說起朋友過世時，由紀盡可能露出微笑。有人說這樣很輕佻，也有人說讓人不舒服，不論是哪種人，他們都不懂由紀這樣做的原因。

那個人是由紀最重要的朋友，而且這位重要的朋友討厭用悲傷的態度對待死亡，所以由紀決定笑著述說朋友不在人世的事實。

「我們在小學的圖書室相遇，我希望佐佐波先生找出她那時常常在讀的書。」

佐佐波先生專注地盯著由紀一會。他覺得由紀的笑容不得體，還是讓人不快？

偵探的嘴角突然上揚。

「妳挺不擅長假笑的。」

「咦？」由紀第一次被人這樣說。

「笨拙的假笑能令人心生好感，因爲想像得出隱藏在背後的情感。可以的話，我希望幫上妳的忙，但我還不太清楚狀況。」

「對什麼不太清楚？」

「妳要找那本書的理由。我了解妳想爲過世的友人做點什麼，但應該沒必要找出兩人剛認識時讀的書。更何況離妳朋友過世也一年了。」

正是如此。

由紀要找出那本書是有理由的。

「她過世前，我收到她的信。」

那是收在藍色信封中，僅有一張信紙的簡潔來信。她一定知道自己壽命將盡，信中一條條寫出兩人相識至今爲止的回憶。

「那封信提到關於書的事情，上面寫著她忘了書名是什麼，問我有沒有什麼印象，所以我才會留意，而且——」

服務生送上白淨的茶杯，依序將茶杯擺到由紀和佐佐波面前，並在桌面角落留下帳單。直到服務生微微欠身離開，兩人都不發一語。等服務生的腳步聲遠離，由紀注意到自己臉上的笑容不知何時消失了，於是再一次擺出微笑。

「而且，我和她在圖書室相遇。」

「妳說的『她』就是指變成幽靈的朋友，對吧？」

「是的，大概兩個星期前，我剛好經過小學前面。一邊想著『眞令人懷念啊』，抬起頭看向圖書室窗戶的時候——」

她就在那裡。

那時已是落日時分，潔白的校舍被陽光染成一片橘紅。仰頭望去昏暗的圖書室內，只有膚色白皙的她像從背景浮現般鮮明不已。

「我就想：啊，她在找封面印著傍晚天空的書。」

由紀想不到其他讓朋友出現在圖書室的理由。雖然不知道朋友現身的確切動機，但她想要找出那本書。

佐佐波先生點頭。「我了解了。」

「你願意幫我嗎？」

「我試試看，似乎也不是毫無線索的樣子。」

關於書的資訊，由紀只知道封面。她在小學圖書室找過幾遍，但無功而返。

「你說的線索是什麼呢？」

他笑起來。「就是問妳那位朋友啊，問她『妳要找的是怎樣的書呢』。就算忘了書名，大綱之類的也可能還有印象。」

的確，如果是她，情報應該會比由紀多。畢竟她從兩人相遇時就開始讀那本書。

由紀只在意一件事。

「眞的有辦法和幽靈交談嗎？」

佐佐波先生攤開雙手。「誰知道呢，總之試試看。所以小暮井小姐，能否請妳告訴我關於妳朋友的事呢？」

由紀當然沒有拒絕的道理。

＊

大吉嶺紅茶帶著低調的芬芳甜香。由紀一口一口地啜飲杯中的琥珀液體，述說關於「她」的事情。內容是這樣的：

她——星川奈奈子，在去年春天僅僅十六歲就過世了。

嬌小的星川奈奈子有瘦弱的手臂和蒼白膚色，出生時就被診斷活不長久。她似乎罹患先天性的難治之症。由紀沒問過詳情，所以也不是很清楚她的病情。

星川奈奈子兒時起就臥病在床，雖然和由紀同一所小學，卻幾乎沒到過學校。即使如此，她還是憧憬校園生活。只要獲得醫院的外出許可，她就會搭母親的車到學校，在圖書室的藏書中尋找讀物。

由紀根本不知道少女的事情，所以當她因一時興起而前往圖書室時，她驚訝不已地與少女相遇。星川奈奈子並沒穿著制服，她在自己的印象中穿T恤和牛仔褲。膚色蒼白，嘴角浮現有點生硬的笑容。

「可以的話，希望妳叫我小星。」

她這麼說。那是彷彿馬上就融化消失，宛如雪花般的聲音。

她非常嚮往有一個自己的暱稱，因爲她沒有一個會用暱稱叫她的朋友。

「我就叫妳小由。」

她就像爬到樹木高處後逞強的少年，再次浮現生硬的笑容。

由紀和星川奈奈子共度的時光，僅持續短暫的兩個星期。

奈奈子決定轉到更遠的大醫院接受困難的手術，而在轉院前短短兩個星期，她獲得允許每天在學校圖書室待兩個小時。只要由紀前往圖書室，總會看見星川奈奈子面前攤開封面印著傍晚天空的書。但只要她一注意到由紀，就馬上闔上書本。

閱讀似乎沒什麼進展。

「借回去看不就好了？」由紀提議過。

星川奈奈子姑且算是學校的學生，應該有借書的權利。

「其實我已經借了。」

她答道，並翻開封底。那裡貼著放借閱卡的褐色封套，但沒看到借閱卡。借書時，規定要在借閱卡寫上班級姓名，提交給負責的老師。

「但太可惜了，我捨不得在醫院讀。」

「爲什麼太可惜？」

「因爲這邊的圖書室有窗戶啊。」

「醫院裡沒有窗戶嗎？」

「沒有像這樣外面就是操場，聽得到別人在操場上遊玩喧鬧的窗戶啊。這和僅止見到枯燥停車場的醫院窗戶完全不同。」

由紀看向窗外，與朋友手中書一樣的傍晚天空出現在視野中。操場上有一群男生踢著足球。

「妳聽，樓下的管樂社在練習，應該是吹奏聖者進行曲。時間一到，學校的鐘聲也會響起，還聽得到走廊的腳步聲。知道嗎？醫院的腳步聲和學校的腳步聲完全不一樣。」

由紀完全不知道。尤其腳步聲還分種類這種事，她想都沒想過。

「因爲難得到學校來，我想在這裡看書。在醫院讀的話就太可惜了。」

「那妳可以繼續讀啊，我也找本書看。」

「不行啦，小由都來了，我卻還顧著看書，那才眞的可惜。」

兩個星期間的放學後，兩人都在閒聊中度過。雖說在圖書室不可喧嘩，但由紀不曾因爲和她聊天而被大人嘮叨。兩人大多聊稀鬆平常、毫不重要的瑣事。有時，由紀會向星川奈奈子傾訴對當時的自己而言非常重大的煩惱；而星川從不談具體的病情，反覆說手術成功後，自己可以正常上學。

最後一天，她的樣子與之前有些不同。

「我覺得重要的東西就應該愼重地對待。」她這麼說。

由紀還記得自己那時雖然心情難過，但還是笑出來。

「那當然啦，因爲是重要的東西。」

「嗯，所以我決定了，我要好好保護重要的東西。」

因爲她的表情如此嚴肅，讓由紀也收起笑容。

「小星重要的東西是什麼？」

「大概和小由一樣。」

她露出微笑。和短短兩周前兩人初遇時完全不同，非常自然平靜的微笑。

「我們來做個約定吧，小由！」

「約定？」

「嗯，兩個約定。第一個是我們一定要再見面。」

由紀點頭。這是非常美好的約定。

「第二個是什麼？」

「兩人要一起守護重要的東西。爲了重逢時，我們可以對彼此露出笑容。」

留下這樣的約定後，她就離開自己了。

——重要的東西是什麼？

小學生的由紀無法理解答案。

現在，由紀仍沒有答案。

□

不知何時，杯中的大吉嶺紅茶已經空了，由紀大概無意識地喝掉了。她將見底的茶杯放回茶碟，而佐佐波先生的視線追著她的動作。

「需要再點什麼嗎？」

「不用了，謝謝。」

雖然由紀沒有流淚，但還是伸手擦擦眼角，眼神直視前方。

「星川同學雖然個子嬌小，手臂細得像一折就斷，但不知道爲什麼總給人一種很堅強的感覺，非常不可思議。」

「很堅強的感覺嗎？」

「是的，她總是抬頭挺胸，態度毫不做作，而且口氣也很不可思議地給我一種堅定又中性的印象。」

由紀勾起嘴角。隨便怎樣都好，由紀就是想擠出笑容。

「我還是小學生的時候，以爲她是男孩子。」

佐佐波先生歪歪頭。「應該沒有男生叫奈奈子吧？」

「因爲我那時一直用暱稱稱呼她，根本不知道星川同學的名字。」

她在由紀心中都是「小星」，「星川同學」這個叫法聽起來像在說另一個人。

「手術成功了？」

「是的，她之後就住在醫院附近。我們國中重逢後的三年半都一起上下學。但前年秋天，她的病情再度惡化。」

住院半年後，她過世了。

十六年又七個月，那是她身體的時限。一個任誰都束手無策且無可奈何的時限。

「她是我非常重要的朋友，雖然我不太能好好說明，但眞的很重要。」

如果對象是她的話，不論任何事都說得出口，也無須掩飾自己。她即使在過世前也仍舊堅強地露出笑容，帥氣得不得了。

「我明白了。」

佐佐波先生闔起記事本。

「我想盡可能達成妳的希望。」

「麻煩你了。」由紀深深低下頭。

雖然不知道星川奈奈子爲什麼要找印著傍晚天空的書。

但如果這是她的希望，由紀就想實現願望。

2

小暮井由紀離去後，佐佐波蓮司大大伸一個懶腰。他維持身體向後彎的姿勢，在身後青年的耳邊低語。

「喂，你在聽嗎？」他注意到青年——雨坂續在談話中途就醒過來了。

雨坂推起眼鏡，揉揉眼睛。

「半夢半醒間迷迷糊糊聽到了，不過只有感興趣的部分才殘留在意識裡。」

「幽靈的部分嗎？」

「找書的幽靈這設定不錯，舞台是小學的圖書室，更是錦上添花。」

佐佐波向雨坂遞出記事本，雨坂頭轉也不轉地接過。

「此外，還有一個部分讓我非常在意。」

「是什麼？」

雨坂翻開記事本，指著筆記中一行字。

「小學時期星川同學的話啊——兩人要一起守護重要的東西。」

「嗯。」

星川奈奈子重要的東西是指什麼？儘管還不清楚，但很難認爲是關鍵線索。

「和找書應該沒什麼關係吧？」

「不一定。就我來說，怎麼看都像劇情伏筆。」

「哎，就期待接下來會回收伏筆嘍。」佐佐波聳聳肩。

「照順序來吧。你知道封面印著傍晚天空的書嗎？」

「很遺憾地，兒童文學這種類型絕大多數是少量印刷。」

「也是，出版界怎麼可能有景氣好的書類。」

佐佐波從座位起身，並向仿作舉起一隻手。仿作是打工的女服務生名字。這當然不是她的本名，只是雨坂這麼叫之後，稱呼不知不覺就固定下來了。

佐佐波脫下西裝外套後走到雨坂的對面。他剛落座，仿作就到桌邊。

「我要俄羅斯咖啡，調得愈甜愈好。」

仿作不悅地癟嘴。「如果喜歡甜食，廚房裡有滿是鮮奶油的蘋果派。」

咖啡店菜單上沒有蘋果派，那是佐佐波烤的。

製作甜點是佐佐波爲數不多的興趣之一。

「那個蘋果派是想給妳吃才烤的。」

「我不喜歡太甜的東西，而且蘋果派加鮮奶油什麼的，根本耍憨。」

這個世界上怎麼會有對店長說耍憨的打工服務生？

「比起單調的咖啡色外皮，用鮮奶油點綴裝飾應該比較吸引人吧？」

「反正一定又烤焦了，才想用鮮奶油來掩飾吧。」佐佐波說不出話，顯然被她說中了。仿作刻意發出嘆息。「雨坂先生要點什麼？」

「冰茶，不加糖，再加上洋梨塔。」

「你也嚐嚐我的蘋果派嘛。」

「等有機會再說。」

咦，仿作發出驚叫。「雨坂先生改天要吃店長的蘋果派嗎？」

「社長的蘋果派也不是那麼糟，蛋糕也是。有不想參加的派對的話，只要在前一天服用這些東西就功效卓越。」

「原來如此，這就不需要用到裝病這招了。」

「什麼意思啊？」

雨坂聳聳肩，「你烤的蛋糕讓人想到墓碑。」

佐佐波嘖一聲，癱在椅背上，仿作則在佐佐波桌上的收據寫上加點的餐點。

「喂喂，冰茶和洋梨塔是這傢伙點的。」

佐佐波指著雨坂，後者一臉麻煩地拍掉指著自己的指尖。

「有什麼關係？反正你手頭不愁沒錢吧。」

「手頭有錢的是我父母。」

兩人聽見店門推開聲，看來客人上門了。仿作說著「歡迎光臨」走向門口，結果冰茶和洋梨塔就這樣記在佐佐波的收據上。

雨坂用事不關己的表情翻閱佐佐波的記事本。

「回到原本的話題，是圖書室的幽靈對吧？」

「嗯，剛剛還黏著委託人，一路跟到這家咖啡店來。」

佐佐波的確見到嬌小的少女幽靈，所以小暮井看到幽靈一事應該不是謊話或錯覺。

「幽靈看起來如何？」

「什麼如何？」

「總有什麼值得一提的地方，看起來很悲傷或生氣之類的，她可是一路跟著朋友到這裡的幽靈。」

「啊——」佐佐波試著回想，但沒印象。那時幽靈與他對上視線後就消失在牆的另一邊，佐佐波根本沒時間仔細觀察。

「起碼看不出什麼情緒，就像在看多雲的陰霾天空，毫無起伏的表情。」

「接近毫無表情？」

「嗯，硬要說的話，她露出心事重重的表情凝視著小暮井同學。」

雨坂持續用指尖敲擊桌面一會。

細小而略爲神經質的聲音帶著節奏感，而後戛然而止。

「設定資料不足。」

「寫不成故事嗎？」

「倒不如說太自由了，方向性也無法決定。按照目前進度發展，故事類型是推理、懸疑冒險，或愛情都有可能。」

「愛情？」

「應該沒有女性間不能談戀愛的規則吧？」

「唔，那倒也是。不過會變成怎樣的故事，應該是隨著發展才會逐漸明朗吧，根本沒必要從一開始就以構思完美爲目標。」

佐佐波撐著臉頰，順便探頭看雨坂的表情。

「說書人，總之請你先說說你的想法。這件事到底可以構想出怎樣的故事？」

雨坂的手交疊在胸前，「譬如，小暮井由紀殺了星川奈奈子。」

不可能，佐佐波這麼想，但嘴角揚起微笑。雨坂續不是偵探，是小說家。他並非推理，說穿了這只是編織虛構的故事。

「委託人就是犯人，這設定還眞經典。」

「你不就喜歡這種情節嗎？」

佐佐波的確不討厭這種設定。在虛構的故事中，委託人總是身懷祕密，而委託人是年輕女性時更是如此。但現實與小說截然不同，就算小暮井由紀沒有祕密，也不會有讀者來信抗議。

「爲什麼小暮井同學要殺害星川奈奈子？」

「憎恨人的理由俯拾皆是，攤開報紙翻一翻，就可以找出一堆理由。」

「那小暮井同學爲什麼特地來委託我調查？」

「當然是爲了找出印有傍晚天空的書，她有非得找出那本書的苦衷。」

「什麼苦衷？」

「譬如說殺人的證據，那本書被人發現，小暮井同學殺害友人的犯行就會曝光，所以她必須處理掉那本書。」

「證據是？」

「書頁上塗有毒藥，而且是人一碰到，就會透過皮膚吸收並流遍全身的毒藥。」

「有那種毒藥嗎？」

「有，生長在哥倫比亞的某種青蛙分泌的毒，似乎一碰就會心臟病發作。」

「哥倫比亞的青蛙爲什麼出現在日本？」

「誰知道？可能是從寵物店裡逃出來的吧。」

托著銀色托盤的仿作出現，她分別在雨坂和佐佐波面前擺上冰茶、洋梨塔和俄羅斯咖啡。佐佐波啜著浮在俄羅斯咖啡上的鮮奶油時，仿作彎腰在佐佐波耳邊低語。

「店長，你們又在談危險的話題了吧？」

「不是我，把話題帶到危險方向的是雨坂。」

佐佐波說的是事實，但不見得被接受。關於佐佐波的證詞，仿作一個字都沒聽進。

「我們店裡都是些高雅的客人，如果話題讓他們不舒服，常客不來了怎麼辦？」

「我們會注意的。」佐佐波隨口敷衍。不過話題再持續下去的確毫無意義。雨坂本人當然並非眞的認爲小暮井由紀是殺人犯。

佐佐波稍微攤開雙手。「我不採用，這想法缺乏眞實性，讀者不會接受。」

雨坂聳聳肩，「這可不一定。所謂的眞實性，大多只是寫法問題。就連會飛的大象也可以靠寫作技巧帶有眞實感。」

「問題不是出在那裡，小暮井犯人說矛盾的地方太多了。」

「譬如說？」

「如果她用傍晚天空封面的書當殺人的工具，那就意味著她拿過那本書，她卻連書名都不知道，這太不自然。而且如果她是透過在書頁塗上毒藥來殺人，那麼書的下落不用說也知道，當然是在屍體旁邊了。」

這就是雨坂和佐佐波的推理模式。小說家構思故事，並由編輯——正確來說應該是前編輯——指出問題之處。就像創作故事，兩人一步步解讀出事件的眞相。

佐佐波慢慢飲下俄羅斯咖啡，指著雨坂的胸口。

「你的推理完全不予採用。」

雨坂身體往後靠，向冰茶伸出手。

「這太過份，起碼故事的重點沒問題。」

「你當眞覺得她殺了自己的朋友？」

「當然不是。」

他用銀色的叉子切開白盤中央的洋梨塔，叉起一塊送至嘴邊。

「封面印著傍晚天空的書是這個故事的關鍵物品。你仔細想想，爲什麼星川奈奈子變成幽靈也還在找那本書？雖說年紀還小，但也是讀過一遍的書了。」

「難道不是她很喜歡那本書，想再讀一次嗎？」

「如果是小時候讀過而且很喜歡的書，書名沒那麼容易忘，更何況是變成幽靈也想再讀的書。」

「即使如此，就說那本書裡有殺人證據，也未免太亂來吧？」

嘴唇湊上冰茶的吸管，雨坂點點頭。「那不重要，總之傍晚天空封面的書裡藏著祕密。書中可能沉睡著殺人的證據，或寫著藏寶處的暗號，甚至可能夾著一封情書。」

「就是你之前說的『故事類型還沒決定』嗎？」

「正是。毫無疑問，那本書藏著祕密。」

佐佐波點頭，「我知道了，總之就去小學的圖書室看看。」

「你認爲書在那邊？」

「誰知道呢？」

小暮井由紀找也找不到的東西，不太可能輕易被佐佐波和雨坂兩人找到。

「反正也沒其他線索，就算書不在那裡，我們說不定還能遇見幽靈。」

說到底，事情得一步步來，就像出門得先穿鞋，想要錢就得先找工作。同樣地，如果要找書就得去圖書館，除此之外別無他法。眞要說有問題，就是一般小學圖書館根本不會放偵探這種可疑行業的人進去拜訪。

雨坂嘆氣般開口。「要拜託工藤嗎？」

「那是最快的方法。」

佐佐波盯著雨坂，雨坂也以和平時不同的嚴肅表情看著佐佐波。

兩人同時舉起慣用手，並在同一時間揮下。

佐佐波攤開右手。

「那麼就麻煩社長了。」

雨坂露出勝利的笑容，揮揮比剪刀的左手。

＊

「取材？要去小學的圖書室？這是認眞的嗎？」

工藤永遠攻擊力十足，就像用鐵鎚敲打釘子，蘊含力道的聲音接連不斷地敲打耳朵。

「前一陣子不也說同樣的話，跑去住飯店的女性專用樓層？結果預定要以那爲題材的短篇傑作呢？這邊可是還在等下個長篇的原稿呢——」

工藤是雨坂續的責任編輯，她從佐佐波手上接過這份工作。要進入不能隨意進出的場所，打著小說取材的名義是最快的方法。有名的出版社更容易取得信任。

佐佐波將智慧型手機拿離耳邊——即使如此也清楚聽到工藤的聲音——等待她換氣的空檔，他在咖啡店對面的小小長椅坐下。因爲在店內講電話講太久，就會被某位服務生嘮叨，他只好走到街道上。

五、六個制服高中生成群走上長長的北野坂坡道。大概是參加畢業旅行，他們拿著常見的觀光手冊。再往上走一點，就是異人館街。爲什麼異人館都位在坡道上頭呢？簡單說明的話，大概坐落在不會造成人們困擾之處，洋館才得以保存下來。

「喂，前輩，你在聽嗎？」

佐佐波想起電話另一端的工藤。

「嗯，我當然在聽。」

「因爲前輩的需求，就讓前輩帶著朽木老師到處跑，出版社這邊也很困擾。你知道多少讀者期待老師的新作嗎？」

朽木是雨坂，他出書時使用『朽木續』這個筆名。

「我才不知道。嗯，大概就兩、三萬左右吧。」

雨坂——朽木續並非暢銷作家。文體簡潔但描寫手法特殊，在讀者間喜好非常分明。故事也稍嫌缺乏娛樂性，心理描寫過於複雜，還常常寫到有點艱澀的內容。一言以蔽之，朽木續的作品絕非主流大眾小說。

儘管朽木續不是瘋狂暢銷作家，他相對地擁有一群狂熱的支持者。這群狂熱的讀者爲了朽木續，不論任何東西都願意奉上。擔任雨坂的編輯時，佐佐波不只一次思考過與其賣書，募集獻金可能更賺錢。

「你應該知道，現在確實賣出三萬本的作家多珍貴吧？」

「我當然知道啊。」

出版業界追求穩定，這也是最難達成的目標。爲了降低風險，出版時須準確預估賣量。比起印五萬本只賣三萬本，印三萬本並賣出兩萬五千本的作家更受出版社歡迎。

「那請你告訴我，朽木老師的原稿有進展嗎？」

佐佐波吞下嘆氣聲。

「妳比較清楚進度吧？我不是那傢伙的編輯了。」

「既然這樣，爲什麼是前輩打電話過來？」

佐佐波無法回答因爲自己猜拳輸了。

「我偶爾想聽聽工藤的聲音。妳好像很有精神，眞是太好了。」

「這意思是說，朽木老師不想聽到我的聲音嗎？」

夠了。爲什麼事到如今，我還得討後輩的歡心啊？——果然應該叫雨坂打電話給工藤，出拳時應該出石頭才對。佐佐波在內心嘀咕。

「作家這種生物就是不喜歡打給編輯啦，妳清楚吧？他們不論任何事都想自己來。雨坂更是如此，不但任性，還自戀，陶醉在自己的作品裡。」

「請不要說我們家作家的壞話。」

「也是，抱歉。」

看來成功轉移話題了。

「總之編輯和作家天生水火不容，這反而剛剛好。兩邊各司其職就好：作家寫小說，編輯指出小說中有疑問的地方並編輯出書，還有——」

爲了強調，佐佐波停頓好一會才繼續說。

「不用說就是，編輯必須爲作家提供埋頭寫作的環境。」

工藤的聲音帶著不滿。「就是叫我安排去小學取材的意思嗎？」

「妳也知道雨坂是個陰晴不定的傢伙吧？他難得有幹勁，我們現在應該順著他的意思。」

「我知道啦。那麼——」智慧型手機另一端傳來重重的嘆息。「朽木老師打算在前輩那邊待到什麼時候呢？」

「我哪知道？我不過是借公寓給他而已。」

「公寓？我記得不是咖啡店嗎？」

「二樓是公寓啊。」

不過只有雨坂一人入住。二樓本來有三間房，加上佐佐波偵探舍後只剩一間。

「朽木老師也沒家人吧。可以的話，希望朽木老師搬到東京來，開會也比較方便。」

「那傢伙不喜歡太大的城市啦。」

「但也沒必要特地跑到前輩那裡去啊，是不是有什麼隱情？」

「誰知道，只是那傢伙一時興起吧。妳聽到什麼傳聞嗎？」

「沒有，但朽木老師之前不是待在關東嗎？前輩突然從公司辭職，朽木老師也走了，我有點在意而已。」那就再聯絡，工藤留下這句話就掛斷電話。佐佐波將智慧型手機放進褲子口袋，他的西裝外套還留在咖啡店的座位上。

其中是不是有什麼隱情？

——想也知道，當然有。

不然小說家不會幫忙偵探；編輯也不會辭職不幹，轉行當偵探。

3

工藤辦事效率很好。

她不但在星期六也照常接電話，還當天就連絡上學校，隔週星期三就傳來回覆。電話另一端傳來工藤得意的聲音，他們可以在任何時間拜訪學校。事情打鐵趁熱，他們約了星期四下午五點到學校。

約定的三十分鐘前，佐佐波和雨坂坐在手肘不經意就會相撞的狹小車內。車子是速霸陸的老舊輕型車，佐佐波喜歡這臺紅色車體和圓滑曲線，因此買下這部二手車。此時速霸陸開在雙向八線道的寬廣道路上，朝西駛去。

雖然降下所有車窗，但引擎的熱氣還是讓車內悶熱無比。春天快結束了。在將袖子捲到手肘的佐佐波身旁，穿深綠色外套的雨坂安靜地閉著眼。佐佐波遇上紅燈，踩下剎車後才注意到身旁人睡著了。隨著引擎運轉聲和風聲逐漸緩和，雨坂沉睡的鼻息飄入耳中。

牽著臘腸狗的年輕女性走過斑馬線。她穿著適合海邊的緊身T恤，不過走向海岸的反方向。因爲不小心對上女性的視線，佐佐波試著揮手打招呼，結果女性馬上別開眼，直視前方。算了，反正也沒期待特別反應，佐佐波心想。女性和臘腸狗迅速通過速霸陸的前方，隨後紅燈轉綠，佐佐波再次踩下油門。雨坂的頭往前大幅度地傾了一下，然後緩緩睜開眼睛。

「做好夢了？」佐佐波出聲。

眨眨眼，雨坂似乎回想起夢境。他輕輕搖晃腦袋，調整姿勢重新坐好。

「是啊，做了美夢。」

「你是夢到美女簇擁，還是在夢裡得到文學大獎？」

「誰知道。我不記得內容了。」

「那是不是美夢也很難說吧？」

「沒有比一醒來就忘掉的夢更好了，夢醒後拖著尾巴，縈繞不去的永遠是惡夢。」

「是啊，說不定就像你說的。」

——我們會開偵探舍什麼的，也像被惡夢的長長尾巴拖著跑一樣。

佐佐波腦中浮現這樣的台詞，但沒出口。

雨坂從外套口袋中拿出袖珍的平裝書，翻開接近頁數一半的書頁。佐佐波單手操控方向盤，凝視前方。兩人保持寧靜沿著海岸奔馳，在加油站的轉角轉向右方。

在細長道路上開過一個紅綠燈後，道路左側看得見目的地的小學。佐佐波看手表一眼。雖然還有點早，不過總比遲到好，他在心中思考。

速霸陸停在小學的教職員專用停車場後，兩人走進建築物。還留在學校的幾位學生睜大眼睛盯著走進學校的他們，但佐佐波一揮手打招呼，馬上就移開視線跑開。態度冷淡的小孩反應和女性的反應一模一樣。

教職員室在玄關一進去的左手邊。敲門出聲說「打擾了」後，佐佐波忍不住想起學生時代而笑出來。開門後，教師一齊看向門口。佐佐波打算向離門較近的人說明來意時，房間遠處傳來聲音。

「請問是作家先生嗎？」

稍微發福的四十幾歲男性道。佐佐波擺出營業用的笑容。

「是的，今天承蒙貴校答應我們的不情之請，實在萬分感激。」

有點發福的教師朝兩人走來，佐佐波遞出名片。職稱雖然寫著編輯，但沒有出版社的名字。教師也注意到這點，他用讓人聯想到口香糖，莫名帶著黏稠感的聲音問。

「您是出版社的人吧？」

「是，我是目前負責協助朽木老師的自由編輯。」

佐佐波迅速應聲，一旁的雨坂向前站出。

「在下朽木續。不好意思，因爲我沒印製名片，所以無法交換。」

雨坂有禮地低頭致意，教師的表情也比較柔和。比起編輯，世間總對作家更溫柔。

「敝姓內田。哎呀，眞是令人吃驚，沒想到您這麼年輕。」

「我常常被人說娃娃臉。」

「不瞞您說，因爲內人喜歡看書，雖然有點冒昧，不知道能不能請您簽個名呢？」

微胖的教師開始摸索自己腳邊的皮包。佐佐波沒漏看雨坂臉上變得僵硬的笑容。這傢伙討厭簽名，佐佐波在心中嘆氣。他在雨坂耳邊壓低聲音「喂」一聲。

「我知道啦。」掛著僵硬笑容的雨坂點頭表示知道，此時微胖的教師終於從皮包抽出一本書。那是雨坂的出道作《視覺陷阱的指尖》。

雨坂打算寫續集，但還沒決定什麼時候完成。

「麻煩您了，可以的話，希望再簽上內人的名字。」

隨書附上簽字筆，微微發福的教師遞出小說。

「好的，樂意之至。」帶著彷彿世界上沒任何事情值得開心的表情，雨坂拔開筆蓋，將書本攤放在桌上。

佐佐波留意著保持微笑詢問。「那麼關於參觀圖書室的事……」

「關於這件事，由於五點前都還是學生的使用時間，所以不好意思，能不能請您們等到五點後呢？」

「當然沒問題。」

佐佐波看向自己的手表，再過十分鐘就是五點。

雨坂在書本簽上拘謹的簽名後，微微發福的教師出聲向雨坂討教。

「您預定寫怎樣的小說呢？」

「帶幻想色彩的溫柔故事，小學女孩在圖書室邂逅了幽靈。」

照理來說根本沒情節，雨坂卻不假思索地回答了。

「女孩剛開始很害怕，但慢慢和幽靈成爲朋友，向對方傾訴自己的煩惱。最後一幕，幽靈消失了，但女孩進一步成長。我目前預定寫這樣的故事。」

故事是非常迎合教師喜好的典型，構想應該來自小暮井由紀和星川奈奈子。

「聽起來是出色的故事，深深期待這部作品完成。」

「如果這間學校的圖書室有幽靈出沒的傳聞，那就再好不過了。」

雨坂開玩笑似地聳聳肩。

「哈哈，」身形微胖的教師發出笑聲。「您有所不知，最近突然連七大不可思議的傳說都不見了。以前不論哪所學校都會有類似的故事。」

隔壁座位的男性教師朝這邊探出身子。

「我聽說一些傳聞。」

還很年輕的教師似乎從剛才就豎著耳朵聆聽對話。

「『減號班的幽靈』在我就任前好像挺有名的，雖然我不太清楚詳情。」

雨坂瞥佐佐波一眼，於是佐佐波把微胖的教師交給雨坂應對，湊向年輕教師。

「請務必說來聽聽，減號班幽靈是？」

「我們學校的圖書室現在還在用借閱卡。你知道嗎？就是貼在書後，借閱書籍時要填學年班級的那張卡片。」

「我知道，眞令人懷念啊，以前大家都用這個偷偷找喜歡的女孩子借了什麼書。」

這一段回憶其實是捏造的，佐佐波好像在哪本小說看過這樣的情節。

「然後呢，據說有一張借閱卡在班級那欄只寫一條橫槓，所以叫減號班的幽靈。」

「哦，原來如此。」

因爲橫槓看起來像減號，所以才叫減號班啊，佐佐波恍然大悟。

「學生好像流傳各種說法，譬如說因爲交通事故身亡的男生幽靈讀減號班，或他要來燒掉學校之類。」

「燒掉？」

「不知道爲什麼，那個幽靈手上好像拿著火柴盒。」

令人在意的細節，佐佐波打算繼續追問，微胖的教師卻說話了。

「喔，時間差不多了。」

佐佐波看向手表，差兩分才五點。

「似乎還有一點時間……」

「走過去應該就五點了吧。」

請往這邊，教師說完後邁開步伐。

三人經過走廊，走上樓梯。

轉過樓梯轉角時，他們聽到校內廣播響起——現在是下午五點，已經是放學時間，請大家回家時注意安全。廣播中傳來女性稚嫩的嗓音，大概是廣播社社員或是廣播委員會的學生廣播。她再次重複剛剛的台詞，隨後廣播器流洩出夢幻曲的旋律。

「喔喔，眞不錯。」雨坂讚嘆。「拍下這個場景，可以直接拿來當小說封面。」

佐佐波在內心點頭贊成。雖然沒什麼特別之處，但十分有效果，放學後的樓梯毫無理由地具有讓人掉進感傷氣氛的力量。

三人停步在某一扇門前。若站在走廊觀察，完全看不出圖書室和教室的差異，僅有上方寫著「圖書室」的牌子宣告房間的性質。微胖的教師打開門。「請進。」

謝謝，低頭道謝的佐佐波和雨坂走進圖書室。

「不好意思，因爲我還有一點工作，就先失陪了。」

結束的話請到教職員室，說完這句話的教師關上門，門外的腳步聲逐漸遠去。雨坂一臉開心地走向書架，佐佐波出聲叫住正朝一本書伸出手的他。

「喂，你看得到什麼嗎？」

雨坂維持食指扶著書背的姿勢，看看周圍。

「書架、書架上的書、桌椅、光滑的白色地板，然後右方牆壁是整面窗戶。非常遺憾，我看不到幽靈。」

但佐佐波看見了。

一位短髮少女穿淡粉紅色病服，怎麼看都不像小學生。她雖然身材嬌小，但應該和小暮井由紀差不多年紀。

她站在窗邊看著兩人，眼睛筆直對上佐佐波。佐佐波無法將她視爲人類。

原因到底是什麼呢？手的形狀、鼻子的角度，或略爲濕潤的善感眼眸都和人類毫無不同。而那雙眼眸的深處，一定和人類一樣寄宿著感情與意志。即使如此，她致命性地缺乏眞人的眞實感，譬如溫度、氣味，或心跳節奏。佐佐波呑口口水。她與人類一模一樣，但仍有地方透露出幽靈的身分。

「星川奈奈子同學？」

聽到佐佐波的詢問，少女眉毛往上揚。

「你果然看得到我，對吧？」

「當然，非常適合鮑伯頭的小姐。」

「你爲什麼看得到？」

「這個嘛，我從以前就看得到。我反而認爲看不到的人很不可思議。」

幽靈少女銳利地瞪向佐佐波。「爲什麼你知道我的名字？」

雨坂靠近佐佐波，點點佐佐波的手臂。雨坂聽不到幽靈的聲音，於是佐佐波坐在椅子上攤開記事本，寫下她的話。

——爲什麼你知道我的名字？

雨坂探頭看著佐佐波記下的內容。

佐佐波一面寫下幽靈的話，繼續對話。

「我是從小暮井同學口中聽來的，說這個圖書室裡有朋友的幽靈。」

「果然是小由啊。」

「妳知道了？」

「我看過傳單。她手上的傳單寫你是名偵探，連靈異現象都能處理，任何問題都能解決，對吧？」

「那不過是廣告台詞，我只是一個平凡的前任編輯。」佐佐波不太想自稱偵探，這職業聽起來帶浮誇感，要一臉認眞地說出口對佐佐波來說太羞恥。

「小由拜託你做什麼？」

「她希望我們爲妳找一本書。妳應該知道吧？封面是傍晚天空的書。」

幽靈右手抵著尖細的下巴。「她找那本書是打算做什麼呢？」

「我也不知道，可能是供在妳的墓前？」

幽靈搖搖頭，她的表情既像目瞪口呆，又像疲憊不堪。那是露出些微模糊感情，充滿人性的搖頭方式。

「我又不在墳墓裡，而且連書都碰不到，收到書也沒辦法做什麼。」

幽靈無法碰觸東西。呃，應該加註「在大多數情況下」，不過在佐佐波所知範圍內，幽靈只能碰觸幽靈而已。

「不可思議，爲什麼連書頁都不能翻的幽靈會待在圖書室？」

「因爲令人懷念啊，我只是稍微沉浸在感傷中。」

「不對。」雨坂說。

因爲這和接下來的故事設定有衝突。

「幽靈是被執念束縛的存在，抱著強烈執念死去的人才會變成幽靈，而且他們不論何時都以達成遺願爲目標。」

「你怎麼知道？」

「我目前爲止看過幾百個幽靈，妳是特例的話就太不自然了。」

「是嗎？我倒覺得連一個例外也沒有才不合常理。」

幽靈靠在書架上。雖然形容無法碰觸任何東西的幽靈「靠在書架」有點怪，但映在佐波眼裡就是這樣一幅畫面。

「不管怎樣，這邊可沒有封面是傍晚天空的書。」

「嗯，說不定沒有。」

「遺憾吧。」

「倒也未必，我是來找妳談談的。」

「爲什麼？我沒什麼好說。」

「妳以前應該讀過那本書，說不定就知道書名。如果知道書名，就能訂購同一本書，這樣小暮井同學應該就滿足了。」

「我不記得書名。」

「故事大綱呢？類型呢？印象深刻的情節？作者也好，出版社也好，任何資訊都請告訴我。」

「很遺憾，我什麼都不記得。那段期間我一直臥病在床，記憶一片模糊，每件事都像作夢一樣。」

這根本不可能，因爲——

「那妳爲什麼想重讀一本什麼都不記得的書？」

幽靈煩躁地瞪向佐佐波。

「所以說，我本來就沒找那本書，待在這裡眞的只是自然而然而已。」

又來了，又和故事設定有衝突。

「那妳爲什麼在寄給小暮井同學的信中提到那本書？連故事大綱，甚至連情節都不記得的書，妳爲什麼會在意？」

「那是——」幽靈支吾不清。

傍晚天空封面的書果然藏有什麼祕密，她不得不隱瞞到底的祕密。

靜默地讀記事本的雨坂突然站起身。

「關於書的下落，有三種可能性。雖然這些推測任何人都想得到。」

他朝書架邁開步伐。雨坂帶給人一種獨特的氛圍，他的步調就像用慢動作觀看水滴落下，和雜亂與嘈鬧處於相反的兩端。他走路靜悄無聲，舉手投足比幽靈還像幽靈。

「封面印著傍晚天空的書已經不在這個圖書室的藏書中；或是小暮井同學找書的時候剛好被借走了；又或者書沉睡在書架上的某處，可能性就這三種吧。」

「第三種的可能性頗低。」

「爲什麼？」

「這間圖書室的書沒那麼多，封面既然很特別，那應該不會看漏。」

「不，也可能是怎麼找也找不到。」

不可能是刻意的，但雨坂剛好在幽靈身旁停下腳步。

「這搞不好就是封面印著傍晚天空的書。」雨坂拿在手上的書一看就知道歷盡滄桑。原本純白色的封面已經泛黃，書衣也脫落了。「書這種東西只要卸下書皮，氣質就截然不同。小暮井同學和星川同學在久遠的八年前相遇至今日，書皮可能脫落了。因爲這畢竟是給小孩子的圖書館。」

的確，大略掃一眼就發現幾本沒書皮的書。

「那我們也無從下手了。」

「不盡然。」雨坂翻開書底，那裡貼著一個褐色封套，裡面裝著借閱卡。「很久以前，長期住院的星川同學有短短一陣子，獲得到這間圖書室的外出許可。在圖書室中，星川同學找到一本封面印著傍晚天空的書，決定要借這本書。」

啊，原來如此，故事也許是如此。

「就算沒書皮，只要借閱卡寫著星川奈奈子，就表示是那本書。」

雨坂點頭之後抽出借閱卡。

這時，幽靈的口中吐露出零碎的話語。

「住手。」

那是非常細小，宛如雨點剛落的聲音。

佐佐波笑了。「雨坂聽不到妳的聲音。」

雨坂站在橫眉瞪視的幽靈旁，毫無反應地注視著借閱卡。

「落空了。總之只要將沒有書皮的書找出來，檢查借閱卡——」

接下來的事情發生得太突然。

雨坂臉上冒火了。

不是譬喻，也不是諧音，他的臉就如同字面上的意思地燃燒起來——佐佐波的眼裡映出這樣的情景，但和實際的事有點出入。不是雨坂燃燒起來，而是他的眼前。雨坂似乎看得見那團火焰，他向後退，書摔落地面。沒包書皮的硬殼書敲擊地板，發出清脆輕響。

幽靈出聲了。

「回去，別再管我了。」

佐佐波不知何時離開椅子，他逕自起身走向雨坂。

「沒事吧？」

「真是有失顏面。」

「怎麼了？」

「竟然讓書掉到地上。」

雨坂彎腰撿起掉落地面的書，鬧彆扭似地喃喃自語。

「要是折到書頁就糟了。」

佐佐波安心地吐出一口長氣。

「也是。不過相對的，我們知道她可以造成的靈異現象了。」

佐佐波至今遇過的幽靈必定擁有一個特殊能力，兩人將這種特殊能力視爲引發靈異現象的能力。幽靈的目的是達成心願，但幽靈無法碰觸任何東西，人類也聽不到聲音，所以需要干涉現實的力量。換句話說，幽靈只能引發一種靈異現象，達成自己的心願。

然後，火焰消失了。

雨坂將借閱卡放回書底的封套，啪地一聲闔起書。

「設定大致上都齊了。」他揚起笑容。

「是啊，差不多可以開場了。」

佐佐波也笑了。

「來吧，說書人，這次是怎樣的故事呢？」

設定到齊了，剩下就是用正確的時間線一一串連起來。

4

現在是白天較長的時期。

下午五點半後，天空依然不摻一抹昏紅，帶著濕氣的深藍靜靜擴散。

雨坂眺望著書架。「少女幽靈爲什麼待在圖書室——從這邊開始描寫應該比較好推展故事。」他取下沒書皮的書，檢查一下借閱卡後放回書架。

佐佐波在他身旁進行同樣的工作，然後問：「不是要找封面是傍晚天空的書嗎？」

「應該是這樣。但她的目的不是找書，找書只是達成目標的手段之一。」

「這樣啊。」

靈異現象是幽靈達成遺願而持有的能力。此外，靈異現象的產生源自幽靈的遺願。如果星川奈奈子的遺願是找出書再讀一遍，她的靈異現象不會是發出火焰。

「星川奈奈子與火有關的遺願是什麼？」

「說不定烘烤書本就會浮現寶藏地圖的機關。」

「故事類型跳得遠了。你說說看，哪有讀者期待這個故事發展出尋寶情節啊？」

「不然就是小學時的塗鴉太丟臉，所以想把書燒掉，這情節如何？」

「太小家子氣，這還是留到寫幽默小說的時候用。」

「我當然是開玩笑的。」

「你要是認眞的那我們就拆夥了。」

兩人一邊拌嘴，繼續檢查沒書皮的書。

這時，幽靈煩躁地打斷兩人。「不准無視我又自顧自聊天。」

佐佐波忍不住笑出來，她的語氣實在太像小孩。

「叫人別管妳的不是妳自己嗎？」

「那就回去。」

「也不是不行。其實我們根本沒差，我們在任何地方都可以討論故事情節。」

也不是這本。佐佐波闔上書時，雨坂則拿起另一本書。

「星川同學想趕我們走，說起來也挺妙的。」雨坂細長的指尖挾著借閱卡來回搖晃。

「照理來說，星川同學應該一直期待別人翻開有傍晚天空封面的書，我們受到她歡迎也不足爲奇。」

「這樣嗎？」

「因爲她也沒別的辦法。她連封面也沒辦法翻開，要找一本連書名也不知道的書，只能請別人幫忙翻頁了。」

「所以她天天在圖書館守候，等誰剛好讀起這本書嗎？」

唯一的例外是圖書室休息的週末。小暮井由紀在星期六登門拜訪徒然咖啡館，而閒來無事的幽靈離開關門的圖書室，一路觀察朋友。

「她還眞有耐性啊。」

「你不覺得我們簡直是絕佳的訪客？畢竟打算找出那本書，她沒趕走我們的理由。」

仔細一想，小暮井同學的委託本來就是為星川同學找書，與星川同學變成對立的立場的確很奇怪。

「她的行為不太自然。」

「行為看起來不自然，是因為人物心理描寫不足。」

「那就補上吧。雨坂，你能夠給她的行為一個合理的理由嗎？」

「已經決定好發展方向了。」

雨坂走向隔壁的書架。

「星川同學不想讓小暮井同學知道沉睡在那本書中的祕密，而我們與小暮井同學有關，所以她想趕我們走。」

但幽靈搖頭。「那本書根本沒有什麼祕密。」

——她毫無說服力。

「那妳為什麼趕我們？如果沒有任何祕密，不管我們就好了。」佐佐波望著她。「不然現在合作也行，一起找出那本書吧。」

幽靈一言不發，瞪著佐佐波和雨坂兩人。

雨坂出聲了。「封面印著傍晚天空的書中祕密到底是什麼？」

「你想出來了？」

「不，我當然還不知道。」

「那現在只能繼續找了。」

「但是呢，縮小範圍還是辦得到。譬如說，這個祕密到底是隱藏在每本傍晚天空的書中呢？還是僅限於圖書室的那一本書呢？」

佐佐波用食指敲著自己的額際回答：

「後者的設定比較自然。」

「沒錯，我有同感。畢竟星川同學對這間圖書室如此執著，而且如果祕密隱藏在所有出版品中，把我們趕出這裡也沒什麼意義。」

雨坂托著尖削的下巴凝視眼前的書架。

「但又多一點疑點：你不覺得她的言行有點怪嗎？」

就算雨坂指出疑點，佐佐波也毫無頭緒，畢竟幽靈的存在就夠怪了。「你指什麼？」

佐佐波老實地反問。

「就是剛才的對話啊。你告訴星川同學——只要問到故事劇情，說不定就能知道書名。只要知道書名，就能夠買到同一本書，小暮井同學應該也會滿足。」

「嗯。」

佐佐波記得自己說過這些話。

「但星川同學不願意透露任何資訊，不論是書名、故事大綱、類型，甚至是印象深刻的情節。」

仔細一想挺奇怪，佐佐波本來就沒有特別執著這間圖書室——要趕走他們，幽靈坦白回答問題就好。這道理誰都懂，但她隱匿所有資訊。

雨坂彎起嘴角。「這個幽靈少女簡直像短篇推理小說。」

但佐佐波對此聳聳肩，因爲雨坂的譬喻常常太過跳躍。

「我不懂你的意思。」

「傳統的短篇推理小說由單一祕密構成，並從祕密中產生謎團，最後謎團會扭曲整個故事全貌。而當唯一的祕密被揭露時，所有謎團也隨之冰消瓦解，露出原本面貌。」

佐佐波停下伸向書架的手，他感到故事開始在雨坂腦中成形——一個能夠完美說明關於圖書室幽靈一切的故事。

「那麼，這個祕密是什麼？」

佐佐波從言行察覺到雨坂構築好故事了。

「她到底對我們隱瞞了什麼設定？」

幽靈閉口不語，嚴肅地盯視著要開口的雨坂。

「她——」

雨坂用手掌比向佐佐波的前方，雖然有點偏差，但應該想示意星川同學。

「那位幽靈，不是『小星』本人。」

怎麼可能——這是佐佐波當下的感想。他認爲劇情發展太牽強。

「情節不成立。」佐佐波再次用食指敲額際，這是他思考的習慣動作。「她的確是星川奈奈子。小暮井由紀的敘述與她的外表並無出入，要說偶然長相相似也太湊巧。」

另一方面，雨坂急促地用指尖敲打書架，彷彿要將浮現腦袋的字句毫無缺漏地記下。

「原來如此，但還有另一種可能性。」

敲打聲突然靜止。

雨坂看向佐佐波。那是不含任何情緒，非常直率的雙眼。

「『星川奈奈子』本來就不是『小星』。」他攤開雙手，「八年前小暮井同學遇見的『小星』不是星川奈奈子。因此，星川同學從一開始就沒讀過封面是傍晚天空的書，所以無法回答任何問題。」

佐佐波反射性想反駁，但隨即吞下言詞地問。「可能嗎？」

「除此之外，沒其他自然合理的設定了。」雨坂聲量逐漸提高。「仔細一想，之前就有顯而易見的伏筆。當時小暮井同學連星川同學的名字也不知道，只用暱稱互相稱呼，她甚至還說過搞錯性別的事。」

沒錯，就現實上來說，明明一起相處兩個星期，卻連對方的性別都不清楚，這設定實在太牽強。過去的「小星」並不是星川奈奈子，自稱「小星」的人另有其人，這樣的發展就讓一切合理多了。

「如果是這種劇情，書裡的祕密也一清二楚了。」

佐佐波猜到雨坂的答案。

「祕密就是借閱卡嗎？」

「正是。」他揚起嘴角。「那張借閱卡上，記著星川奈奈子以外的名字。」

封面印著傍晚天空的書中沉睡著一個祕密。

星川奈奈子不是「小星」的證據就在裡面。

「那可就傷腦筋。」佐佐波聳聳肩。「我們是來尋找『星川奈奈子』和借閱卡，若是別的名字可無從找起。」

「這種小事完全不成問題，設定已經寫明了。」

「哪個設定？」

「減號班的幽靈啊，就是記在借閱卡上的橫槓。」

雨坂細長的手指撫上書架，看起來像在讚賞珍貴物品。

「場景就像這樣：握著鉛筆，眼前擺著借閱卡的『小星』注意到，自己不曾出席課堂，不知道屬於哪個班級。她束手無策，只好在班級欄塡上橫槓後交出借閱卡，減號班的幽靈就這樣誕生了。」

「只要找到班級欄塡寫橫槓的借閱卡——」

「那就是傍晚天空封面的書，減號旁就是眞正『小星』的名字。」

所有設定和伏筆串連在一起，故事也沒有矛盾之處。當然，這都是雨坂的創作，目前純屬虛構，但沉睡在這間圖書室中，某張借閱卡能將一切化爲現實。

「我有一個疑問。」

「請說。」

「爲什麼星川奈奈子要假冒成『小星』？」

沉默的幽靈表情空洞，萬念俱灰，又像冷靜等待反擊機會。

「星川同學一定想實現小暮井同學和『小星』之間的約定吧。」

「約定？」

雨坂唸出小暮井由紀的話，「『一定要再見面。』」

「還眞單純啊。」

「同時是強烈眞誠的約定。」

佐佐波吐出一口氣。「麻煩你統整一下這次的故事設定吧。」

雨坂點頭。「好的，那麼──」

說書人娓娓道來。

＊

那是八年前的事情。

放學後的圖書室中，小星和少女相遇了。

小星雖然一直在讀封面印著傍晚天空的書，但她同時小心珍惜著兩人瑣碎平凡的談天時間。她等少女一來就闔上書。因爲長久臥病在床的小星認爲，這是無比珍貴的時光。

後來小星動手術，須搬到較遠的醫院。

爲此，兩人在離別的日子定下簡單的約定。

——一定要再見面。

但小星的手術失敗了，或者手術成功了，但小星依然無法活得長久——不論哪種情形都不會影響重要的現實。小星死了。約定絕對不會迎來實現的一天，而少女永遠等待。

而星川奈奈子知道這件事。她希望少女與小星的約定能夠實現，即使是經由無數謊言堆砌，她也想守護少女心中的小星。

於是星川奈奈子成爲「小星」。

國中時，兩人相遇了。一邊深信對方是過去的友人，另一邊立下決心欺騙對方，兩人感情融洽地共度無數時光。

但星川奈奈子的死期終於來臨。

她唯一掛心自己堆砌的謊言。

星川奈奈子知道眞正的小星在小學圖書室借過書，也知道借閱卡上記載著她的名字。自己並非小星的證據就在其中，所以她忍不住提筆寫信。

「我忘了書名是什麼，妳有沒有什麼印象？」

星川奈奈子想要處理掉那張借閱卡。借閱卡在，她的謊言就會曝光。而少女和星川奈奈子不同，她仍然擁有漫長的時光。假設少女某天因哀悼星川奈奈子的死而到小學圖書室，少女就可能察覺眞相。

星川奈奈子死前一定活在恐懼中。

爲了燒掉一張小小的借閱卡，或者說，爲了守護一個謊言——

她成了幽靈。

＊

雨坂敘述故事時，佐佐波翻找著沒書皮的書。他翻開第三本書，終於看到想找的東西。這本書很乾淨，缺少書皮的白淨封面上印著小小的學校剪影。借閱卡數來第七個就是他們要找的名字。

「星川唯斗。」

佐佐波將借閱卡轉向幽靈。

「他是妳哥哥或弟弟吧？」

幽靈的視線用幾乎無法察覺的幅度往下移動。

「是哥哥，雖然我們是雙胞胎，但我一直把他當哥哥。」

「你們應該很像吧。」

「嗯，很多方面都很像，出生時還罹患同樣的病。」

「雨坂的故事有說錯的地方嗎？」

「大致上說中了。」她緩緩轉向窗外。「哥哥過世前都還在講小由的事，畢竟是在學校交到的獨一無二的朋友嘛。他說沒辦法完成約定，覺得很難過。」

「所以妳就代替哥哥嗎？」

幽靈一句話也不答，一味看著窗外。她背向佐佐波他們的身影宛如在哭泣。佐佐波不忍心地輕輕揮動借閱卡。

「要燒掉這個的話，還請妳等一下。」幽靈回過頭，佐佐波盡可能露出溫柔的笑容。「就算只是一張厚紙板，也還是學校公物，我們不能隨便拿走。但拜託一下，這種程度的東西，學校應該還願意送給我們吧。」

只要說想當作小說的參考資料就好，預備用的借閱卡應該多得很，佐佐波忖度。

幽靈的眼神透露出不安，她眨眨眼睛。「不把借閱卡交給小由也沒關係嗎？」

「沒那個必要，我們本來就只是來調查那本書的書名。」

無論是沒書皮的書或借閱卡，都和小暮井由紀的委託無關。

「我說過好幾次吧？我們大可攜手合作，畢竟小暮井同學站在妳這一邊，我和雨坂僅是幫她忙。」

佐佐波一開始就沒打算揭露少女爲了哥哥和朋友說的謊。他不喜歡說太多的故事，而且佐佐波是前編輯，雨坂是小說家，他們和追求眞相的偵探不同。比起寫實的紀錄文學，佐佐波偏好調性柔軟的小說。

雨坂聽不到幽靈的聲音，但他透過佐佐波的回答掌握內容。

「雖然不是交換條件，但希望妳告訴我們一件事。」

什麼事？幽靈歪歪頭。

佐佐波當然知道雨坂想問什麼。

「紫色的指尖。」

佐佐波也知道，說出這個詞時，雨坂會露出和平常截然不同的可怕表情。

「聽到紫色指尖這個詞，會讓妳想到什麼嗎？」

幽靈皺起眉頭，隨後響起開門聲，門口站著微胖的教師。

「還需要一點時間嗎？」

佐佐波露出微笑。「啊，不好意思，顧著思考故事結局就忘了時間。」但他移回視線時，幽靈已不見蹤影。

雨坂走近佐佐波，在他耳邊低語。「她說了什麼？」

「嗯——」

關於紫色的指尖。

「她什麼也沒說就消失了。」

爲了尋找紫色的指尖，兩人一路追查和幽靈有關的案件。

5

離開學校時，天空還是一片蔚藍，但滲進些許煙燻般的夜色。夜晚籠罩地面的速度比吞噬天空的色彩更快，速霸陸的紅色車體已經變得相當黯沉，大樓的街燈也亮起燈光。佐佐波背脊抵著車體，慢慢舉起借閱卡。

雖然不見幽靈，但借閱卡的一角燃起了小小的火苗。

橘色火焰在他眼底明明滅滅地搖曳，然後，漸漸變成焦黑輕薄的灰燼，一點一點崩落消逝。佐佐波燒到一半時確認少年的名字已經消失，便鬆手放開借閱卡。

借閱卡在空中滑行，劃出弧度。短短一瞬，它彷彿靜止在半空。但下一秒，火焰猛地竄升。這就像人類的魂魄，佐佐波想。眨眼間，借閱卡燃燒殆盡，不剩餘燼。

佐佐波的手搭上車門，離自己很近的不知名處，傳來謝謝的聲音。這不是值得道謝的事，佐佐波很想找出適合當下的回覆，但想不到。他環顧四周，沒看到任何一道人影。他最後望向學校，對不再有幽靈徘徊的圖書室開口。

——往天國的路上，一路小心。

佐佐波稍微聳聳肩地打開車門。

同時，雨坂也打開門坐進車內，然後兩人在同一時間點關上門。

工作尚未結束，接下來須為生者買一本新書。

＊

搞錯麵團的做法了嗎？蘋果派的奶油味太重，黏稠的甜味留在舌尖上。不知為何，甚至嚐得到奇妙的苦味。而蘋果明明吃起來還很生，派皮一角卻理所當然似地焦黑一塊。

「這個蘋果派沒半個優點。」仿作這麼說。

現在是上午十點五十分，咖啡店開店的十分鐘前。

「妳也說得委婉一點。」佐佐波雖然發出這樣的牢騷，但自己也提不起繼續吃的興致而擱下叉子。他從上星期開始迷上做蘋果派，但完全沒進步。

到底缺什麼呢？難道是愛情？

雨坂完全沒動一旁的蘋果派，如往常般敲打筆記型電腦的鍵盤。而仿作皺著臉小聲抱怨「難吃，難吃」，但還是揮動叉子進攻蘋果派。

仔細一想，佐佐波從未見過她剩下任何食物。

這時，他被雨坂發出的輕快打字聲吸引注意力，忍不住開口。

「狀況不錯嘛。」

佐佐波以爲不會有回應，專注的雨坂從不聽人話。

但對方不悅地回應了。「倒不盡然，這份稿子大概不會完稿。」

「那可眞是傷腦筋啊。」工藤的抱怨又要增加了。「不是說長篇進行得挺順利嗎？」

「那是另一檔事，我說的是小學圖書室爲舞台的短篇。」

仿作朝雨坂探出身子。「咦，有小學生登場嗎？」

「只有小學生登場。」

「眞是難以想像雨坂先生寫的小學生，感覺好像會滿口長篇大論。」她似乎把雨坂的書都讀過一遍了，當時她讀完的感想是「多點槍戰或飛車追逐，讓場面更熱鬧的話就好了。」顯然雨坂的作品不適合她。

「讓我看一下嘛。」

仿作探頭窺視筆記型電腦，但被雨坂不客氣地按著頭推回去。

「沒有作家讓人看寫到一半的故事。」

雨坂連交初稿給編輯都百般不願，他在寫作上是完美主義者。

「有什麼關係？又不會少塊肉。」

「這世上可沒什麼東西是不會減少的。」

「看還沒寫完的故事的話，什麼會減少？」

「我對妳的好感度。」

「順帶一問，那個好感度現在大概多少？」

「大約比社長的蘋果派美味度還多一點。」

「那不是跟最低標差不多？」

「你們兩個不把我當壞人就不甘心，是吧？」

佐佐波才這樣嘟噥，仿作馬上看向店內的掛鐘，刻意發出「啊」一聲。「差不多該開店了。」她將最後一口蘋果派塞進嘴裡，拿起空盤離開座位。

佐佐波小聲地問雨坂。「所以呢？」

「你指什麼？」

「爲什麼不寫完？」

佐佐波指的是雨坂正在進行的短篇，題材毋庸置疑取材自這次事件。

「已經知道故事結局，沒道理寫不完吧？」

事實上雨坂到剛才都還有節奏地敲打鍵盤。雨坂向佐佐波聳聳肩。

「很多地方不太自然。」

「比如說？」

「比方說人物心理的描寫就不怎麼順利。」

「就算照著實際情形寫也不太順利？」

雨坂略略歪歪頭。「事情實際上眞是這樣嗎？」

「你的意思是？」

「不，假設就算是這樣好了。」雨坂向桌子伸出手。佐佐波暗自期待他用叉子切下一塊蘋果派，但雨坂只是握住茶杯把手。「社長，你還記得自己的初戀嗎？」

「唔，模模糊糊。」

「你爲什麼對對方抱有好感？」

佐佐波記得自己在小學時喜歡班上一位頭腦好的同學，但不記得理由。

「這種事不是向來沒什麼特別的理由嗎？小男生和還算可愛的女生開心講講話，本來就會對對方抱有好感。」

「但那樣就寫不成故事了。」雨坂啜一口茶，看向筆記型電腦，繼續說下去。「人心本來就沒固定的答案可言，初戀更是如此。照實寫下去也無法構成故事。」

「爲什麼扯到初戀啊？」

雨坂眨眨眼，然後用一種詫異的方式吐出一口氣。「你剛才說的不是嗎？和還算可愛的女生開心地談話，小男生自然而然就會對她抱有好感。」

啊，嗯，說得也是，這時，佐佐波恍然大悟。體弱多病的少年對初次結交的異性友人抱有感情，自然無庸置疑。佐佐波看向桌子邊角，在失敗的蘋果派旁邊有一本擁有傍晚色彩的書。這是透過網路訂購的新書，但毫無疑問與八年前少年讀的是同一本。

雨坂輕推自己的銀框眼鏡。

「而且呢，我不太喜歡悲劇收場的戀愛故事。」

「嗯，我也是。」

佐佐波和雨坂喜歡的故事類型非常相像，但不是完全相同。

「我來撰寫情節的話，就會將結局寫成即使成爲幽靈，兩人最後仍然在一起。」

雨坂基本上對幽靈抱持正面的態度。其中自然有各種理由，但簡單總結一下，佐佐波認爲這是因爲雨坂和幽靈十分相像。雨坂續難以取悅，任性又自戀，總是陶醉於自己的小說。但同時極爲單純，和只爲達成單一目的而存在的幽靈一樣，佐佐波覺得雨坂是爲了寫出一篇獨一無二的故事而生活。

「但我不太中意那樣的結局。」

佐佐波討厭幽靈。不，說是討厭又有不同，但佐佐波確實不擅長面對幽靈。他不怕幽靈，但一想到它們，佐佐波就會感到非常悲傷。

「我最想看沒有任何人死去的故事。就算是離譜牽強的奇蹟也好，我比較喜歡少年的病完全治好的結局。」

佐佐波這麼回答，然後忍不住笑了。對幽靈持正面態度的雨坂看不見他們，但與他看法相左的佐佐波卻看得見，世上事就是無法盡如人意。但說不定是一種必然，看得見幽靈的人會同情他們，但絕不會喜歡他們。

——你知道嗎？幽靈只有在成佛的時候，才會打從心底綻開笑容。

佐佐波想起圖書室的幽靈。

謝謝——她用微小聲音低語的瞬間，是否露出笑容了呢？

想像少女的笑臉並不難，但他無法對在笑容浮現的那瞬間成佛的少女湧起喜愛之情，只是滿胸難以平息的情緒。

咖啡店的門口響起門扉推開聲。

上午十一點是開店時間，也是他們和小暮井由紀約好的時間。

佐佐波拿起有傍晚天空封面的書，要稱爲藍天又顯得太過憂鬱藍的深邃天空映入眼中。見到這本書時，小暮井會流下眼淚嗎？還是露出她笨拙的假笑呢？前者也好，後者也好，不論哪種反應，佐佐波應該都會由衷喜歡她的表情。

故事理應爲了活著的人而存在。

因此，圖書室的幽靈即使死了也一心想維護的故事，佐佐波一點也不討厭。

間章
對某間咖啡店的描寫

「光腳。」

雨坂先生吐出這個詞。

他坐在桌子一端，端倪著對面少女的表情。小暮井在眉頭之間堆起皺紋地回答：

「遮陽傘。」

「海水浴。」

「答對了。」

「妳聯想範圍太窄了，應該更跳躍一點。」

唔——由紀沉吟。

離第一次造訪這間「徒然咖啡館」，已經過了兩個月，最近小暮井由紀每個星期都來這裡喝紅茶。一留神時已經七月，暑假即將到來。

但由紀是考生，無法太悠哉。

雖然是夏天，但雨坂先生還穿著綠外套。他大概有不少件類似衣服，與初次見面時相比，他現在的外套布料較為輕薄。而佐佐波先生今天似乎不在，由紀知道他接下關於某條商店街的委託。佐佐波先生不在的日子，就由雨坂先生招呼她。

由紀以前總覺得他給人難以相處的印象，但實際交談後就發現並非如此。只是談話內容總十分奇特，昨天的電視節目或新聞絕不會成爲兩人的話題。那一類話題似乎是在佐佐波先生的負責範圍，那位偵探出乎意料地擁有豐富的藝人相關知識。相反地，雨坂先生一無所知。不論是有高收視率和話題性的連續劇，還是報紙頭條新聞，他都毫無興趣。

今天的談話主題說穿了，就是「聯想遊戲」。

首先由雨坂先生隨便說出一個詞彙，以這次爲例就是「光腳」。由紀則從詞彙聯想到下一個——從光腳想到海水浴，接著再作一次聯想——海水浴，所以想到遮陽傘——然後只告訴雨坂先生後面的「遮陽傘」，並由雨坂先生猜測連接「光腳」和「遮陽傘」的詞彙是什麼。到目前爲止，他的答對率百分之百。

可是他十分不滿。

「妳應該拓展妳的想像力啊，不需要試著讓我理解，就算從光腳聯想到猛瑪象也可以。」

「猛瑪象……是嗎？」

「絕大多數的猛瑪象應該都光腳。」

「青蛙或兔子也大多光著腳啊。」

「當然，熊也好，傘蜥蜴也好。妳爲何會從無數詞彙中選出特定的詞彙？一個人的性格可以透過這種地方表現出來。」

由紀歪歪頭。「雨坂先生想要理解我嗎？」

「當然。」

「哇喔，這可以視為迂迴的告白。」

兩人已經熟到可以開點小玩笑，起碼由紀這麼覺得。

雨用一臉正經地回答。「我一直都在對不特定的多數人告白。」

「哎呀，雨坂先生意外地挺輕佻。」

這樣一說，雨坂先生有沒有戀人呢？他就算有戀人也不會不可思議，但有點難以想像對方的性格。

「小說就是寫給不特定多數人的情書，作家以共享價值觀的某人為對象，藉數十萬文字表達心中的愛意。」

由紀根本無法想像和說這種話的人約會時會出現什麼話題。

「告白。」雨坂先生道。

「咦？」

「繼續遊戲，告白。」

由紀用叉子戳向奶油蛋糕上的草莓。

由紀瞬間想到「情書」，但應該會被說聯想範圍太狹隘；學校頂樓？校園隱密處？傍晚時分的海岸？由紀試著想像經典告白場景，但沒一個讓她有「就是這個」的感覺。這時，含在嘴裡的草莓散發出酸酸甜甜的滋味，表面的些許奶油更襯出草莓的酸甜。由紀吞下草莓後，回答：

「醫院。」

雨坂左手抵著尖細的下顎。他不論身體哪個部位都很纖瘦。在他面前吃草莓蛋糕，由紀產生罪惡感。和平凡女高中生一樣，她頗在意體重計指針。

「相當不錯。」

雨坂先生破天荒第一次誇獎由紀的回答。

由紀托著臉頰露出微笑。「這樣挺難吧？」

「這倒不一定，不過至少讓我很意外。」

「你知道答案是什麼嗎？」

聯繫告白和醫院的詞彙。

他閉起眼睛，指尖不停地敲著桌，杯中的花草茶泛起輕微漣漪。

「等待時間。」雨坂先生說出他的答案。

由紀不由自主站起來，雨坂先生說的正是正確答案。由紀從告白聯想到等待時間，再從等待時間聯想到醫院，因爲她有在醫院等到生厭的經驗。

「好厲害，爲什麼雨坂先生知道？」

「我不是知道，而是創作出來。我在腦中創作一個名爲小暮井由紀的角色。」

他伸出食指，這是他解說時特有的動作。

「連接告白和醫院的詞彙很多：例如醫療事故。從告白來想的話也可能得出這個。」

「但我完全沒想過這個詞彙。」

「沒錯，這個聯想不符合妳的角色設定。不管怎麼想，老實的妳所聯想的範圍應該都不脫高中女生容易想到的戀愛告白。」

「我好像被當傻瓜了。」

「妳從老實這個詞聯想到愚蠢啊，不過這不正確。如果要描寫聰明的人物，我會盡量把人物寫得老實率直。凡事諱莫如深的角色並非充滿智慧，而是沉浸於自我陶醉。」

雨坂先生端起茶杯。雨坂先生常喝紅茶，而佐佐波先生似乎是咖啡派。

「從愛情告白聯想到醫院的思考模式不多，而妳既沒有多愁善感到將愛情和病症畫上等號，也沒詩意到將愛情與死亡連結。」

「說不定我出乎意料多愁善感又充滿詩意。萬一我是那種夜夜寫詩，耽溺妄想的女生呢？」

「如果妳在寫詩，我還真想拜讀一番。不過充滿詩情的少女不會一開始就用叉子戳起草莓，而會將美麗的東西留到最後。」

這樣嗎？或許是這樣，但草莓奶油蛋糕就是要從上面的草莓吃起，畢竟蛋糕外型明顯設計成這樣。由紀用叉子切開已經沒草莓的奶油蛋糕，送進口中。

雨坂先生聳聳肩。

「妳更實際一點，給人行動派的印象，所以『等待時間』這個詞彙更合適。」

「等待時間這個詞很行動派嗎？」

「非常行動派。等待的應該是告白那方，對被告白的一方來說就算有煩惱時期，卻不會有等待時間。」

確實。好厲害，居然想得到這些，由紀暗暗佩服，同時反省自己是不是太粗心。

由紀一皺眉頭，雨坂先生就出聲。「妳該不會——」他問到一半戛然而止。由紀難得看到雨坂先生收聲，他向來像寫小說一樣滔滔不絕。由紀在意起後半句，忍不住催著他繼續說。

「該不會什麼？」

「不，沒任何事。先偷看故事的之後發展就太不解風情。」

他沉默下來。由紀看一下手表，時間過得比想像中快。她匆忙吃完草莓蛋糕，喝光杯中的花草茶後從位子上站起。

「那我今天就到此告辭了。」

「和人有約嗎？」

「雨坂先生怎麼知道？」

「看手表後慌忙吃蛋糕，根據這樣的描寫，除了有約以外別無他想了。」

雨坂先生一向正確，由紀甚至覺得比起佐佐波先生，雨坂先生比較適合當偵探。

「待會要和朋友見面，我明天會再來。」

「社長和我明天可能都不會在這裡。」

由紀笑了，刻意學他剛才說的話。「和人有約嗎？」

雨坂先生露出微笑。「社長難得忙工作。」

「難得……是嗎？」

的確，佐佐波先生不太常接到委託。

「究竟爲什麼呢？明明費用那麼低廉。」

關於兩個月前的委託，由紀原本做好花光壓歲錢的心理準備，但金額少到僅靠零用錢就可付清。

「那是學生價，偵探舍收費其實算一般標準。」

由紀倒是第一次聽到有學生價的偵探舍。

「話是這麼說，不過社長自己也沒靠偵探這行賺錢吧。」

「佐佐波先生的本業以咖啡店店長爲主嗎？」

「不，他不論何時都是編輯，踏入偵探這行也只是爲某部小說搜集資料。」

原來是這樣。比起當偵探，還是編輯比較適合佐佐波先生，由紀暗自點頭贊成。

「那雨坂先生明天呢？」

「我要見某位迷人的女孩，打算去海邊。」

已經七月了，窗外洋溢著夏日的光芒，正是適合海邊的季節。

但夏天的大海和雨坂先生不太搭，由紀純粹好奇地問：

「雨坂先生有泳衣嗎？」

「沒有，我討厭海水，因爲會讓頭髮變得黏答答的。」

「那爲什麼要去海邊？」

「看看大海也很令人心情愉悅。」

是這樣沒錯，不過由紀還是覺得夏天的大海是爲游泳而存在。

下次見，雨坂先生揮揮手，由紀也回揮手就轉身離開。

——雨坂先生說的迷人的女孩，到底是怎麼樣的人呢？

這是單純好奇的問題，但由紀總覺得不能隨便觸及這件事而沒問出口。

因爲與嘴上說的話相反，他的臉上帶著悲傷的表情。

3

迷子之謎

徒然珈琲 CAFE TSUREDURE
Kitanozaka

別人與我無干，
只有我的作法重要。
所以你的書才很難賣！

1

很不可思議，那片大海沒傳來海潮味。

海風十分乾爽，海面平靜，海浪聲幾不可聞。

佐佐波蓮司兩手撐在引擎蓋上，眺望著水平線好一陣子。那是非常平淡無奇的水平線，但引人想到弧度微微彎曲的地球圓弧，但若說是錯覺，又覺得說不定真的只是眼花。畢竟大多數人類到幾百年前，都未曾想像這條水平線其實不是直的。

認真思考起水平線的佐佐波，終於覺得想著這些的自己太過無聊而拉回視線。

不遠處通往沙灘的水泥階梯上坐著兩道人影。一邊是小說家，一邊是稚齡少女；一邊是大人，另一邊永遠是孩子；一邊活著，而另一邊已死亡。

簡單地說，一邊是雨坂續，另一邊是幽靈。

雨坂看不見幽靈，他多麼渴望也看不見。但兩人並排坐著愉快聊天。雨坂說什麼，少女就出聲應和。即使少女附和的話語聲絲毫無法傳進雨坂耳裡，但兩人毫無疑問地對話著。

少女十年前過世，那時她才六歲，而當年的雨坂只是高中生。

如今少女保持著六歲的模樣。

佐佐波搔搔頭，難以繼續保持平靜地注視眼前兩人。

「我差不多要走了。」他出聲提醒，畢竟他還有工作在身。

「知道了。」雨坂簡單回應。

「到時候來接你嗎？」

「不用，我走路回去。」

「這邊到咖啡店還蠻遠的。」

「累的時候我就會休息，走到不想再走，再打電話給你好了。」

「我會關手機。」

佐佐波可沒打算對雨坂的任性要求一一奉陪，他將手搭上紅色速霸陸的車門。

「每次都謝謝你了。」

少女這麼說。佐佐波露出笑容，揚起一隻手。

「和女孩子見面是一大樂事，尤其是妳這樣迷人的女孩。我得先走一步，留下妳和那傢伙兩人獨處，實在覺得遺憾無比。」

少女的名字是「希望」。

她的雙親懷著什麼心思取這個名字，他不得而知，但少女完全無須爲自己的名字感到害羞。她是比同年齡女性更成熟又聰慧美麗的女孩。如果順利長大，想來一半同學都會對她傾心。如果說少女哪裡未曾符合雙親期望，大概只有六歲就早夭這件事吧，但這不是少女的錯。

「我下次會帶束花來的。」

送花給幽靈最恰當，而盆栽又比花束更好。

無法拿在手上的花束徒增傷悲，但盆栽能放在地上欣賞。

「謝謝，但花說不定會因爲海風而枯掉。」

「沒問題的，這裡的海沒有海潮味。」

佐佐波揮揮手，打開速霸陸的車門。

七月上旬的方向盤一陣溫熱，梅雨季還沒過。天氣預報雖然說今晚會下雨，但天空毫無變陰的跡象，整個世界都帶著蒸騰的熱度。

無法碰觸的幽靈，一定也和空氣一樣溫暖。

＊

雨坂——朽木續的小說有兩個缺點。

一位書評家作出這樣的評論。雖然佐佐波和這位評論家頗有緣份，不過對方寫的東西他大半都跳著讀過。他當編輯時就不曾在意過書評家。但不知爲何，僅有關於朽木續的那篇文章留在他的意識中。

雨坂的小說有兩個缺點，而關於其中一點，佐佐波認爲對方說得對極了。

佐佐波沉思著雨坂的事，走進一間頗有年代感的咖啡店。

他點了杯特調咖啡，儘管從玻璃窗照進的陽光讓他心生點冰咖啡的渴望，但他抗拒在別人面前用吸管。佐佐波堅信帥氣地銜著吸管的男人絕對不存在這個地球上。

佐佐波透過大片窗戶眺望著街景。這是一條商店街，明明正值星期六，卻有點冷清。不過不遠處就有更大的商店街和百貨公司，所以街道冷清大概也是無可奈何的事，說不定還該慶幸拉下鐵捲門的店家數並沒多到讓人心煩的程度。

在對街的水果店中看店的婦人翻閱著雜誌。最近變得常見的連鎖鞋店前，排列著大同小異的標價牌。這裡還有眼鏡店、手機店，以及販賣夏威夷衫的可疑店家。

尋常可見的平凡情侶從店家前漫步走過，看起來剛升小學的小男孩則一路晃著背上的書包跑來跑去，其中還有拿起能量石端詳的年輕女性。

佐佐波啜飲著特調咖啡，仔細觀察街上的每一個路人。

他在三天前接下一個委託。

委託他的男人是這條商店街的振興協會理事長。

「好一陣子前，這裡接連發生奇妙意外。」他這麼說：「腳好像被什麼東西絆住——

說得更具體一點，就像是腳被從地上冒出來的手抓住，然後就跌倒了。但回頭一看什麼也沒有，我自己也遇過很多次，實在讓人不舒服。」

這次的委託就是調查意外的原因。話雖如此，理事長似乎不覺得問題能夠就此解決。佐佐波基本上依工作時間收取費用，而理事長只給佐佐波三天時限。

「三天後請向我彙報一次，我會視情況考慮延長。」

雖然委託人這麼說，但大概沒指望延長委託，佐佐波心想。

因爲調查到現在已經邁入第三天，但他仍沒獲得半點像樣的情報。探訪詢問後，佐佐波頂多知道這條商店街流傳著「好像被什麼東西絆住腳而跌倒」的傳聞。他也和幾位被害者見面，但沒辦法獲得更多情報，其中一人甚至明顯是自己絆倒。

——調查結果是毫無異常。

理事長想要這樣的報告嗎？他想聽的應該不是「這條商店街充滿怨念，惡靈被吸引而來抓住行人的腳」。

這時一名年輕女性從手機店走出，揹著書包的小男孩忽然緊緊抱住她的腳。兩人大概是母子，也可能是年紀差距大的姊弟，佐佐波無法判斷是前者還是後者。老實說，兩種都不太像。

說時遲那時快，女性華麗地跌一大跤，薄薄的小冊子從印著橘色標誌的紙袋飛出來。女性檢查過腳邊，又看一圈身邊，然後撿起小冊子迅速離開。揹著書包的小男孩目不轉睛地看著她，似乎露出渴望的表情。但女性已經走遠，他又在附近跑來跑去。

佐佐波立刻起身，他在帳單上留下紙鈔後飛奔出咖啡店。

大多數情況下，幽靈的模樣和活著的人類沒任何差別。

佐佐波雖然看得見幽靈，但難以分辨出他們和人類的不同。

他很快追上男孩，因爲對方晃著書包啪搭啪搭地小跑步過來。

「你好。」小男孩充滿朝氣地說。

佐佐波不由得愣愣回一聲。「你好。」

小男孩一瞬間驚訝似地瞪大眼睛。「你好，歡迎光臨，謝謝。」

到底歡迎光臨哪裡？又對什麼謝謝？佐佐波搞不清楚狀況，只好適當地回應。

「嗯，不客氣。」

小男孩歪歪頭，不甚在意的佐佐波接著問。

「你叫什麼？爲什麼在這裡？」

小男孩開心地笑起來。「早安？你好，小心回家。」

完全無法對話，小男孩似乎只是把剛學會的話拼湊起來，發音時也有不自然的停頓。

傷腦筋，佐佐波不太習慣應對小孩。他試著撫摸男孩的頭，但一如預期地觸碰不到，指尖彷彿伸向彩虹或幻影一般穿過頭部。

小男孩毋庸置疑過世了，就算他走失，也無法把幽靈送到派出所。

明知徒勞無功，佐佐波仍然繼續發問。

「你常常待在這裡嗎？」

小男孩依舊吐出毫無意義的詞句，還露出燦爛笑容。佐佐波在內心嘆口氣，放棄對話，轉而觀察他。

男孩擁有靈活的大眼，模樣十分活潑。白色的T恤搭配長過膝蓋的深藍色短褲。腳上穿著印卡通版車子圖案的襪子，還有玩具般小巧可愛的運動鞋。書包別著名牌，但只看得出來用黑奇異筆寫下，彷彿痛苦掙扎著的扭曲線條，完全看不出名字。不過，佐佐波發現像校徽的標誌。

這個男孩爲何過世？

他認爲，小孩子絕不該就這樣死去。

佐佐波想起獨自站在海邊的年幼少女幽靈。要請她幫忙嗎？年紀相近的話，說不定能夠發現什麼——忍不住起這個念頭的佐佐波卻甩甩頭，拋開這個主意。他希望讓小男孩成佛，而他不太想讓幽靈看到其他幽靈成佛的樣子。活著的佐佐波難以想像幽靈當下的心境，但他認爲這不會令人心情愉快。

「我要先走了，還有工作要忙。」

佐佐波其實打算暗地留下來觀察男孩。男孩說不定最後會回家，這樣一來，調查就有大幅進展。

「晚安，我開動了。」

佐佐波決定不在意男孩說的話，他揮揮手，男孩也開心地回揮。佐佐波背向揮動的小手跨出腳步，下一秒差點跌倒，因爲男孩緊緊抱著佐佐波的腳。

大多時候幽靈無法觸及和擁抱他人。其中當然有例外，佐佐波和雨坂將這種例外稱爲「靈異現象」。

——不過，男孩的靈異現象就只是抱住別人而已嗎？

靈異現象與幽靈自身的執念關聯緊密。

男孩是想抱緊誰吧？佐佐波理所當然地認爲年幼的男孩一定是想抱緊誰——他想抱緊母親或某個人才會成爲幽靈。總之，佐佐波打定主意先找出這個孩子的母親。幽靈也好，活人也好，走失的小孩就該送回母親身邊。

佐佐波邁開步伐。

男孩跟在後頭，他似乎對佐佐波產生親近感。

「我出門嘍？」

「嗯，我們走吧。」

佐佐波回答時，電子音從口袋傳出來。佐佐波將手伸進口袋時想起兩件事。第一是他忘了關手機電源，第二是在這種炎熱的天氣裡，雨坂走不了多遠。

2

車子一在指定的大樓前停下，拿著紙袋的雨坂馬上鑽進來。

紙袋共兩個，一個是大樓書店的紙袋，另一個用英文字母寫著佐佐波不認得的語言。根據重音符號的標記方式來看，佐佐波猜想這是義大利文。

雨坂遞出寫著義大利文的紙袋。

「這啥？」

「餅乾，你不喜歡嗎？」

「嗯，不過我喜歡吃自己做的。」

「是你烤的餅乾的話，我就無福消受了。」

餅乾這種程度的東西，我也烤得出像樣的成品，佐佐波在心中抗議——起碼三次成功一次。他將紙袋放在儀表板上發動速霸陸。

「另一個袋子是什麼？」

「我們五月在圖書室找的那本書，突然想讀讀看就買了。」

「書店竟然剛好有啊。」

「是啊，算我運氣好。」

「用網路比較確定買得到吧。」

「我偶爾也想去書店晃晃。望著書架就讓人愉悅，差不多和森林浴一樣。」

「唔，我能瞭解你的感覺。」

雨坂撕開紙袋上的膠帶，取出封面印著傍晚天空的書。他在翻開封面時問。

「社長那邊的委託如何？」

「有進展了，遇到一個幽靈男孩。」

「可喜可賀，不過調查是到今天為止吧？」

「是啊，時機眞差。」

如果告訴對方自己遇見幽靈男孩，調查期間會延長嗎？應該很難，大概會落得被當可疑靈媒的下場。意外地，很多人心中埋藏著對幽靈的恐懼，然而敢正面承認幽靈存在的人非常少。兩者並不矛盾，原因十分簡單：因爲害怕，所以不願意承認幽靈。

「那麼調查就到此爲止嗎？」

「老實說，現在有點騎虎難下了。」

「你這是什麼意思？」

「我似乎被附身了。」

「那眞不幸。」雨坂終於從書中抬起頭。「幽靈男孩現在也在這裡？」

「是啊，在我的大腿上。」

幽靈從剛剛就用倍感稀奇的模樣盯著時速表。

小男生都喜歡時速表，佐佐波小時候也一樣。

雨坂目不轉睛地盯著佐佐波大腿上方。

「你打算讓他成佛嗎？」

「我是這麼打算，一直維持這樣太吵了。」

男孩像要插嘴佐佐波和雨坂的對話，不停開口說話。內容與剛見面時相同，只是毫無意義的招呼語拼湊成的語句。

「我說雨坂，你幾歲識字說話？」

「難以作答。我現在也還沒認識所有字彙，如果指識得一兩個詞彙的程度，那又是在我有印象前就學會了。」

「可以好好與人對話是幾歲的時候？」

「如果是回答簡單問題，大概三歲左右。」

「大部份都是這個年紀吧。」

他們被車站附近的紅綠燈擋下來，無數人潮流湧過斑馬線。若看向旁邊便會發現分發面紙的年輕人。這裡總是有人在送面紙。

「小學後就能進行一定程度的對話吧。」

「我和『希望』甚至能一起討論波特萊爾。」

「那孩子有點過份聰明，不太適合當例子。」

「我只是舉例告訴你，小孩子的成長速度因人而異。」

紅綠燈切成綠燈。佐佐波目送最後頭的路人匆忙跑過斑馬線就踩下油門，速霸陸發出低沉的引擎音加速向前。

雨坂出聲。「你這次無法和幽靈對話嗎？」

「不管怎麼試，他都只講一些沒意義的招呼。」

「譬如？」

「『你好』和『歡迎光臨』是他的最愛，『謝謝』也蠻常用的。」

「有禮貌不是挺好嗎？」

「從頭到尾只說這些招呼語，算有禮貌嗎？」佐佐波嘆口氣。「拜此之賜，不論名字、年齡或死因，我一概不得而知。」

「爲什麼呢？」

雨坂輕輕地托托眼鏡。

「無法正常對話這點，我覺得是非常大的線索。我在小說中使用這種設定的話，一定會將這點作爲劇情伏筆。」

那倒也是，佐佐波暗想。這孩子的語彙太偏頗，假設其中有原因是合理推測。

「幫我一個忙，先來確立故事設定吧。」

雨坂搖搖頭。「我不太中意幫忙這個詞。作家的工作是設定故事大綱，編輯判斷要不要採用意見，以及思考我的想法是否正確就好了。」

「世上也有和編輯互相討論來設定故事的作家啊。」

「別人與我無干，只有我的作法重要。」

「嗯，是，所以你的書才很難賣。」

不管從好還是壞的方面來說，雨坂個性都特立獨行。他的作品贏得狂熱書迷的同時也難以被多數人接受。

「總之請先描寫出外表，應該有什麼地方讓你判斷那小孩是小學生吧？」

「一目了然，他揹著小學書包。雖然有名牌，不過看不太清楚名字，反倒有校徽。」

「怎樣的校徽？」

「到咖啡店後我畫給你看。」

前方紅綠燈換了顏色，佐佐波今天常被紅燈擋下。

紅綠燈的法則大概就是這樣——佐佐波這麼想過，如果一開始是綠燈，綠燈就會持續好一陣子。一旦因紅燈停下一次，之後就老是遇到紅燈。這就像人生一樣。不過每一件事都和人生相似。因爲每件事都在人生中發生，人體驗到的經驗根本不可能外於人生本身。

佐佐波將速霸陸停在月租停車場，和雨坂一起沿北野坂走二十公尺，而幽靈男孩當然跟在身後。徒然咖啡館如同往常地客人不多，只有服務生精神抖擻。

「有客人哦。」仿作露出輕鬆的笑容，附在佐佐波耳邊說道。

「二樓嗎？」

「很難說，現在人在裡面的座位。」

佐佐波和雨坂對看後走向店內深處的座位。佐佐波他們的老位子已經坐著訪客，她是最近常拜訪這家店的少女。小暮井由紀露出猶豫的神色讀著某封信。信紙是淡淡的藍色，同色的信封則擱在桌上。

注意到腳步聲，她抬起頭。

「歡迎回來，偵探先生。」小暮井臉上掛著淺淺的微笑。

「嗯，我回來了。」

佐佐波在她對面坐下，雨坂對她微笑致意後，逕自走向二樓的樓梯。

他一如往常我行我素。

「那是？」佐佐波用眼神示意她手上的信。

「私人物品。」小暮井將信紙收進信封。

女高中生的私事可不能隨便過問，於是佐佐波出聲詢問該問的問題。

「找我有什麼事嗎？」

「我是被派來辦事的。」

「如果要外帶蛋糕，這裡採在櫃台領取的方式。」

「不是這件事，而且我昨天才吃了草莓奶油蛋糕，不可以連兩天吃蛋糕。」

「誰說的？」

「體重計。」

「那辛苦啦。我會魔法就會把全世界的體重計都調成比實際輕兩三公斤。」

「那有意義嗎？」

「起碼能暫時沉浸在幸福中。」

「女性是追求永久美貌的生物。」

「唉，人就是連明知無法擁有的東西也會抱持渴望。」

小暮井笑了。「說得過份，世界上還是有美麗的老太太的。」

佐佐波對她不點蛋糕這件事稍微鬆口氣。

幽靈男孩正一臉稀奇地在附近東張西望。小學生多半喜歡蛋糕，但幽靈吃不了。

佐佐波在內心嘟嚷眞是無聊的多愁善感。活著的人根本沒必要在意死去的人，就算大啖蛋糕也沒問題。不過佐佐波一向不知道如何好好對待小孩，不由得感情用事。

他切換心思，繼續剛才的對話。「所以妳被派來辦什麼事？」

小暮井微微歪頭，「想聽聽偵探先生目前的工作報告。」

佐佐波用食指敲額際，「爲什麼是妳來辦這事？」

「就算發現幽靈，也很難向理事長解釋吧？如果是我，你的任何說法都能接受。」

要向那位理事長解釋幽靈的確有點難開口，佐佐波暗忖。

「不過可沒偵探會將案子報告給高中生，而且我還搞不清楚妳爲何知道這件委託。」

「非常簡單，」小暮井回答，語尾彷彿要加「親愛的華生」。「我介紹了偵探先生。」

「介紹給那個理事長？」

「正確來說，是介紹給理事長的女兒，我們讀同一個年級。」

理事長有一個和小暮井年紀相仿的女兒，確實一點也不奇怪。

仿作前來點餐，佐佐波點特調咖啡，小暮井則點蘋果調味茶。

「有發現幽靈嗎？」

「嗯，有，就在那裡。」

佐佐波將視線轉向幽靈男孩，男孩正飄在空中，望著掛在牆上的海岸風景畫。但畫中的海岸實際上並不存在。

「咦，在哪裡？」

「在那邊盯著畫瞧。」

小暮井盯著那一會，皺起眉毛搖搖頭，「我看不到。」

「這也沒辦法。一般人看不到幽靈。」

「我明明看見奈奈子。」

「那是例外。就算看見某位幽靈，也不代表能看見其他幽靈。」

多數人都看不見幽靈，就算看得見也限於非常親近的對象。人們一般看不見毫無關係的幽靈。

「但偵探先生看得到很多幽靈吧？」

「是啊。」

「爲什麼？」

「誰知道，以前就這樣，我也想知道爲什麼。」

小暮井不滿似地皺眉。「眞好，對方是什麼樣的幽靈？」

「小男孩，六、七歲。可能生前很喜歡抱母親，他一看到路人就抱上去。」

「那就是人在商店街容易跌倒的原因嗎？」

「我想不到其他可能性。」

「那樣的話，明明只要抱住自己媽媽就好了。」

「就是說啊。」

大概看畫看膩了，幽靈男孩輕飄飄落到佐佐波的膝蓋上道聲「你好」。「嗯，你好啊，」佐佐波回應，男孩開心地露出笑容。

「我說你也差不多該告訴我了。你的名字是什麼？爲什麼待在那條商店街？」

然而——

「比方說，」回應的聲音從背後傳來，雨坂不知何時站在身後。他左手抱著筆記型電腦，這個人剛剛就是爲了拿電腦才走上二樓。「他說不定是尋找母親才到商店街，生前可能和母親多次造訪那裡。」

「有點奇怪。」佐佐波搖頭。「根據我聽到的說法，七、八年前就發生腳被抱住而跌倒的意外。這傢伙要找母親的話，這段時間綽綽有餘。」

「解釋要多少有多少，可能母親搬家了，也可能男孩搞錯商店街。」

「搞錯了？」

「相似的商店街多不勝數，變成幽靈飄來飄去時，到了不同的商店街。」

唔，這個可能性確實存在，但根本當不了線索。

雨坂隨即在佐佐波身後相鄰的老位子坐下。他打開筆記型電腦，開啓電源。

「男孩無法回答就只能問其他人了。何不試著畫人像素描？」

但他不太會畫圖。佐佐波於是看回小暮井。「我記得妳參加過美術社？」

「我不喜歡繪畫，一畫就不舒服。」

「好極端啊。」

「我也受不了辭呈。」

「辭呈？爲什麼？」

小暮井臉上浮起十分明顯的假笑。

「以前某部電影中老師遞辭呈的畫面，讓我有點心靈創傷。」

「原來如此。」

人有各式各樣的心靈創傷，佐佐波也有。譬如說細骨頭很多的魚、曾經是祖父書房的臥房，還有用汽車音響聽艾瑞克克萊普頓的〈改變世界〉。

佐佐波掏出記事本和原子筆，他做好覺悟後動筆描繪起男孩的臉。不一會，記事本上就出現貌似枯瘦猴子的人形。小暮井認眞盯著佐佐波筆下的圖，然後嚴肅地托著下巴。

「不愧是幽靈，眞像妖怪。」

「是啊，不過本人其實是隨處可見的男孩。」

幽靈總以生前的樣子出現，既沒有詭異的陰慘臉色，也不會少去雙腳。就算因爲悲慘的事故過世，多半也是毫髮無傷的模樣。雨坂推測幽靈的模樣八成來自於當事者認定的外觀。

此時，仿作托著托盤現身，上頭放著咖啡杯和裝蘋果茶的玻璃杯。她的目光在一一將杯子擺上桌面時停在記事本上。

「畫得眞差。」

「是啊，我知道。」

「這在畫什麼？」

「男孩的肖像素描，用來尋人的。」

仿作兩手環胸，托盤攬在胸前。「我來幫忙吧。」

「妳會嗎？」

「如果有特別津貼的話。」

她挑起笑容，從佐佐波手上抽走記事本。

臉型眞要說的話比較接近圓臉。

男孩有靠近臉部中心的眉毛和眼睛，還有薄薄的嘴唇。

佐佐波意識到一邊觀察亂竄的幽靈男孩，一邊給指示有一定困難。仿作原本用佐佐波的原子筆，最後還是從櫃台拿來鉛筆和橡皮擦，正式畫起肖像素描。

確認數次後，佐佐波點頭。「嗯，一模一樣。」

仿作的素描完美，活脫脫就是在店內到處跑的男孩。

她放下鉛筆，露出燦爛的微笑。「我很期待特別津貼哦。」

「現在應該還在工作時間吧？」

「畫人物素描不在工作範圍，我的工作僅限用笑容和美貌接待客人。」

關於美貌這點，佐佐波雖然想發表一點意見，但他有預感會引起麻煩，決定還是算了。佐佐波接著在完美的人像素描下一頁迅速畫出簡單標誌。因爲是組合變形的文字，即使是他也能毫無困難地寫出來。

仿作和小暮井同時探頭看標誌。

「這什麼？」仿作問。

「校徽。」小暮井回答。「我們小學的校徽。」

佐佐波望著小暮井，她露出驚訝、疑惑以及奇妙的恍惚神情。

「妳說是妳母校，就是有傍晚天空封面那本書的小學嗎？」

「是的，是我們學校的校徽。這代表什麼？」

「那個男孩曾是妳的學弟吧。」

佐佐波意識到事情太巧，但仔細一想，男孩所在的商店街就在小暮井的小學附近。那一帶的小學數量也不多。

在背後敲打著鍵盤的雨坂停下動作。

「小暮井同學，妳聽說過關於他的事嗎？」

「咦？」

「根據社長的說法，那個男孩引發的靈異現象七年前就開始了。那時小暮井同學應該還是小學生？」

對了，小暮井現在是高中三年級，七年前還是小學五年級。雖然學年不同，但同一間學校的學生有人過世，她可能會聽到傳聞。

但小暮井搖搖頭。「對不起，我沒任何印象。」

「這樣啊。」雨坂輕輕地點點頭，繼續敲打鍵盤。這時，佐佐波扭過身體，探頭看筆記型電腦的螢幕。雨坂不太喜歡被人看到還在寫的文章，但這次沒阻止佐佐波。

因爲沒人向他說話。
男孩不知道如何對話，
那是因爲在他的小小世界中充滿這些話語。
男孩只知道些許語句，
那是因爲他對鏡子的構造毫無概念。
男孩不知道自己的長相，
那是因爲他連自己都一無所知。
男孩不知道自己的名字，

佐佐波從頭到尾粗略地看兩次，然後歪歪頭。

「這什麼啊？」

「這次的設定。」

「你知道什麼了嗎？」

「我不是知道，只是想到這些可能性。」

雨坂存也不存就關掉文字檔，切掉電腦電源。

「好，來取材。有校徽和肖像素描就可以查清不少事。」

佐佐波點頭，忽然想起杯裡還剩一半咖啡。

3

逐漸染紅的天空中，浮著幾朵顏色雜駁的雲朵。

佐佐波拿著肖像素描打探了三小時左右，仍然沒得到像樣的情報，而幽靈男孩跟著佐佐波走在身旁。

「我說，現在是小孩子回家時間了，差不多可以告訴我名字吧？」

男孩開心地笑著回答一句「你好」。他一副開心的模樣，從不說任何有意義的話。佐佐波上下搧動因汗而黏在肌膚上的領口，望向男孩純眞的眼眸。

「嗯，你好。這是第幾次打招呼了？」

「歡迎光臨。辛苦了。」

「辛苦倒還好，恰到好處的疲勞還蠻舒服。但沒有半點進展就是問題。」

「謝謝招待。」

「還早呢，那是吃完飯時的謝辭。」

「晚安？」

「你想睡了嗎？」

「我出門了。」

「我想聽到『我回家了』啊。」

佐佐波推開街角一家尋常咖啡店的店門。他讓小暮井由紀在這裡等候，因爲不太想帶她打聽過世的小學生。佐佐波不想在無意中揭露幽靈拚死守護的祕密。

她玩著手機，但注意到佐佐波的腳步聲，就抬起頭。

「事情如何？」

「大失所望。」

佐佐波取過桌上的帳單走向收銀台，小暮井跟在身後。

「我來付吧。」

「別在意，我算在委託費裡。」

「但是——」

「聽好啦，小姑娘，有時候坦率接受請客才是禮儀。」

付清一杯冰茶的費用後，佐佐波走出店門。

「謝謝招待。」小暮井眉間堆起皺紋。

「妳看起來不太高興。」

「我只是覺得不可思議。爲什麼沒人知道呢？」

佐佐波的詢問對象是小學校長和過去十年間的家長會會長。

只有兩人對過世的小學生有反應——校長和八年前擔任家長會會長的女性。兩人提及同一個小學生過世的事：星川唯斗，但關於他的故事在五月就由雨坂完結了，他和在佐佐波身旁邁著步子的男孩無關。如果這個男孩是星川唯斗，小暮井看到肖像素描的當下不可能沒注意到。

「在校生過世卻連校長也不知道，這實在有點奇怪。」

「深感同意。」

佐佐波拿到校徽和肖像素描時，完全沒想到調查進度會陷入泥淖。

「先和雨坂討論一下會比較好。」

小暮井歪歪頭。「雨坂先生果然也是偵探嗎？」

「不是，那傢伙是小說家。」

「我知道他是小說家。」

「不，妳不知道全部，」

小說家僅是平凡的人類。所有小說家，在成爲小說家前都是平凡的人。

但那傢伙有些不同。

「雨坂續是比誰都來得純粹的小說家。」他是打磨到極致的小說家概念。至少他在佐佐波認知中是唯一達到這種境界的作家。

他過去是不折不扣的天才。

某位書評家說過朽木續的小說有兩個缺點。佐佐波對其中一個難表贊同，另一個缺點則是以前的雨坂所沒有的問題。出版工作者都確信不久的將來，雨坂續會寫出名作。就算是完全無視潮流與娛樂性的作品，也毫無疑問可成爲暢銷書。他的文章擁有讓人如此堅信的魔性魅力。

但雨坂與希望重逢了。

看不見身影也聽不見聲音，他也得知她的存在。他於是從純粹的小說家，變成只有一步之隔的凡人。純粹的才華蒙上幾不可見的陰影，留下佐佐波無法否認的重大缺點。

「所有編輯都有同樣的夢想，讓自己喜愛的小說受到世界認可。」

雨坂續是唯一可以完成佐佐波蓮司夢想的作家。

那傢伙現在根本不是做這些事的時候，他應該坐在電腦前繼續敲打鍵盤，但現在漫無頭緒地爲幽靈奔走，簡直糟蹋他的才能。

佐佐波伸出右手抓著自己的頭髮。「我胡言亂語了。總之，那傢伙須成爲作家而不是偵探，他只是擅長串連起毫無脈絡的情況。」但發牢騷也沒用。硬將雨坂綁在椅子上，他連一行像樣的文章也不會寫。

「我現在覺得雨坂先生好像很了不起。」

小暮井這麼說，佐佐波馬上笑了。

「不過就人來說是挺差勁的傢伙，自戀、任性，不聽別人的意見。」

雨坂現在在圖書館調查過去發生的小學生死亡事件。佐佐波正打算聯絡他而從口袋掏出手機。就在這時，男孩突然跑起來。不，用跑來形容不太準確，正確來說是滑行似地飛過地面上方。

佐佐波被迫握著手機緊追在後，小暮井也跟在身後。

「發生什麼事嗎？」

「我哪知道，問幽靈吧。」

幽靈進了一個小小的公園，三個男孩位於幽靈視線前方。雖然佐佐波無法分辨，不過三人都是活人。他不自覺停下腳步。其中一人與他對上視線，因爲佐佐波正盯著男孩。

「有什麼事嗎，大叔？」

說話的是七、八歲左右的男孩，他的手上還抱著足球。佐佐波無法從他身上移開視線。他第一次遇見這個男孩，但那張面孔已看過無數遍。

因爲那張臉與佐佐波記事本中的素描一模一樣，那是和飄在空中的男孩相同的臉孔。

兩個擁有同樣臉孔的男孩。

一個還活著，另一個已經去世。

「這是……怎麼一回事？」

小暮井問。她雖然看不見幽靈，但看過素描。

「不知道，這到底代表什麼？」

佐佐波硬擠出笑臉。

「拜託了，麻煩妳幫我問一下他的名字，可以的話連地址也要。」

「我嗎？」

「男生就是對女孩子沒轍。」

「他還是小學生耶。」

「那不是更好？正是憧憬大姊姊的時期。」

佐佐波往後退一步，小暮井嘆一口氣地走到男孩面前。

佐佐波心不在焉地望著小暮井，手中的手機突然震動起來。

雨坂總是在最適當的時機來電。

「查明什麼了嗎？」雨坂的聲音摻雜著睡意。

「一無所知，但有個新發現。」

「哦，什麼？」

「我們找到素描上的男孩了，一個還活得好端端的男孩。」

「那太好了。」

「太好了？」

「我之前就有預感，這次的故事應該不是小學生的死亡。」

雨坂昏昏欲睡的聲音拖得漫長，想來目前發生的事都在他的意料中。

「那什麼意思？」

「字面上的意思。如果幽靈沒辦法正常對話，意味著幽靈在懂得和人對話前就過世了，年紀應該比小學生小得多，這麼想是很自然的。」

佐佐波用還空著的左手輕敲自己的額際，停了一拍後反駁。

「但幽靈不管怎麼看都是小學生，他甚至還揹小學書包。更何況幽靈應該以生前的模樣出現。」

「為什麼是生前的模樣？」

「這不是你說的？幽靈會變成自己所知的模樣。」

「正是如此啊。」雨坂笑了。

雖然聽不到笑聲，但佐佐波眼前浮現雨坂在電話另一端揚起嘴角的模樣。

「如果他連對話也不知道，他自然不知道自己的樣貌。正因為一無所知，才會模仿他人，這就是他的人物設定。」

佐佐波閉上眼睛，搖頭後用力握緊手機。

「雨坂，你知道些什麼？」

「我什麼都不知道，作家只是創造出符合設定的故事，一一串連起設定代表的意義，寫出正確的故事。」

雨坂的語氣逐漸變得興奮，但與他平常相比，聲量僅僅些微變大，抑揚頓挫也只比平常強。那是只有佐佐波才能察覺，也只有他才看得出的變化。

「據說小孩子是在出生後九個月左右理解自己與別人的差異，快一點也是六個月大時。如果在那之前過世的幽靈會怎麼樣呢？」

「當然就不會知道『自我』的存在。」

「更正確的說法是，無法明確區別自己和他人。所以那個幽靈才會變成別人的模樣，他大概是變成受到相同照顧，和自己年齡一樣的嬰兒。」

令人難以置信。

「幽靈就以幽靈的型態，像活著的小孩一樣成長了？」

「是的，因此他才會連對話都一竅不通，我們尋找過世的小學生才會一無所獲；正因如此，我們才會發現和素描長得一模一樣，但活蹦亂跳的小男孩。」

雨坂的聲音十分激昂。

「什麼——」你有什麼好開心的？佐佐波雖然想這樣問，卻克制住自己。

希望或紫色的指尖——雨坂大概認爲這次的幽靈和這兩個詞有關。除此之外沒有其他理由讓他情緒激動。

佐佐波將視線投向幽靈。幽靈在長相相同的男孩周圍輕輕飄浮著。

「這就是這傢伙的設定嗎？」

「是的，非常有可能。」

幽靈掛著無邪的笑臉用難以聽清楚的發音，唸出一連串慣用招呼語「你好」、「謝謝」。他的笑臉遠比小學生年幼，宛如剛出生的稚子。

「因爲學會對話前就死了，這傢伙才不知道怎麼對話嗎？」

「這樣想很合理的。」

「所以這傢伙才這麼親近我嗎？」

在過世後數年漫長時間中，沒有任何人看見他，也沒有任何人聽見他的聲音。他僅僅眺望交談的人們，因爲不知道其中意思，所以只能遠遠望著眼前的光景。他一直模仿人們交談的樣子，朝人們拋出一句句招呼語，但理所當然沒收到任何回音。

終於，佐佐波應了一句「你好」。

男孩的話語初次構成對話。

「就因爲這樣的理由跟著我走嗎？」

「就是這麼回事，編輯大人。」

佐佐波彷彿又看見電話另一端的雨坂露出微笑，他搖搖頭。「是啊，符合你喜好的設定。你應該能夠馬上聯想到這個設定。」

「同時也是可能受你討厭的設定。」

「一點也沒錯，出成書的話太平淡了。」

實在難以釋懷。

連對話也不知道的男孩長久以來無法和他人溝通，也不曾因此感到不滿。

「說書人，你會給這個故事準備怎樣的結局？」

雨坂短暫地陷入沉默。

「不實際寫寫看不知道，不過故事主題非常簡單。」

「那是什麼？」

「連自己都不知道的幽靈，他的遺願是什麼呢？」

雨坂留下這句話，電話就掛了。

——這傢伙的遺願嗎？這件事從一開始就一清二楚。

成爲幽靈的男孩所渴望的，只是被緊緊抱在懷裡。

4

回過神時已經是落日時分。

陰暗的天空滴滴答答地落下雨點。水滴宛如綻放在擋風玻璃的花朵般滴散，又被雨刷不厭其煩地一一洗刷。佐佐波開著速霸陸繞到圖書館接雨坂，小暮井坐在後座，而男孩不變地坐在佐佐波的大腿上。

「查清楚了嗎？」雨坂坐在副駕駛座詢問。

佐佐波點頭，他藉著出版社的名片獲得一個情報。

「他叫內田勇次，他在出生四個月後身亡，而這是八年前的事。」

他們詢問和素描長得一模一樣的男孩母親。那位女性和內田勇次的母親從年輕時就是朋友，兩家住得近，全家都有往來。因此，幽靈——勇次才會把自己和素描中的男孩搞混並在這種情況下過世。

在此說明一下發生在內田勇次身上的意外。

「事情發生在八年前的八月，他坐在嬰兒車上，而他的母親推著嬰兒車。他們打算通過連斑馬線也沒有的狹小十字路口時，卡車衝過來，他和他母親同時死亡。」

雨坂一語不發地眺望窗外夜景。眼前的夜景毫無稀奇之處，僅有遠處高樓的窗戶在一片黑暗中亮起，顯得特別醒目。

他細語。「這一定就是這次的故事吧。」

「沒錯，簡單明瞭啊。」後座傳來聲音。

「到底怎麼一回事？」

佐佐波透過後照鏡確認小暮井的表情，但她的身影在昏暗的車內模糊不清。雨坂回答她的疑問。說書人比原本是編輯的偵探還饒舌地講述起故事。

「一說到關於四個月大的嬰兒願望就非常自然地會聯想到母親。再考慮到他的靈異現象，應該能馬上明白他希望被母親緊擁在懷裡。」

雨坂呼啊一聲地打了大大的呵欠後繼續說。

「但編輯指出一點：如果只是這種程度的願望，爲何這麼多年都無法達成？我認爲這是這次故事的疑點。」

那算是疑點嗎？答案非常清楚，這是顯而易見的伏筆。雨坂疲憊地述說。

「他的母親同時殞命了，而這就全部說得通了。不論他多麼希望母親抱緊自己，母親不存在的話就不可能實現。」

這傢伙一定從一開始就察覺到這個設定，佐佐波想。所以他才在尋求其他設定，尋找通往結局的設定——通往讀者期望的結局，他想尋找圓滿幸福的結局。

「故事已經清楚了，但結局在五里霧中，因爲男孩的願望注定永遠無法企及。」

這是令人絕望的故事。佐佐波因紅綠燈踩下剎車，擋風玻璃上的雨滴滲著朦朧的紅光。今天果然很容易被紅燈攔下，佐佐波再次確認這個事實。

「說不定——」

後座傳來聲音。

「說不定那孩子的母親也變成幽靈，正因想要抱緊勇次而在哪個地方遊蕩。」

佐佐波搖搖頭，編輯的工作是指出故事的矛盾之處。

「不太可能，畢竟意外發生在八年前，很難想像母親八年間都找不到他。」

母親和對世界一無所知才四個月大的嬰兒不同，她不在了。即使成爲幽靈，她也不在這個世上了。

雨勢逐漸增強。

速霸陸在小小的公寓前停下，內田勇次的父親就住在這裡的三〇六室裡。這裡也是八年前勇次僅僅度過數月的家。

佐佐波將速霸陸停在路燈下，並且看向雨坂。

「你打算怎麼做？」

「我就在這邊等。」

他坐在副駕駛座，手肘靠著車窗窗沿，然後昏昏欲睡地瞇起眼睛。雨坂的精神力很差，稍微活動一下就想睡覺。

「我知道了，那你就睡吧。」

「不，我想看書。」他揉揉眼睛打開印著傍晚天空的書。

小暮井從後座探出身體。「我可以跟著去嗎？」

「可以啊。」

此行目標是讓勇次見到他的父親：小暮井在場也不會有不便之處。

「走吧。」佐佐波向膝上的男孩出聲。

「我開動了。」男孩露出困惑的表情歪歪頭。

佐佐波打開車門踏出車外，撐開車內僅有一把的折疊傘後，讓從後座出來的小暮井躲進傘下。幽靈男孩則在雨中用不可思議的神情看著佐佐波。男孩不會被雨水淋濕，而四周的空氣也悶熱無比，但雨中的男孩給人一種寒冷的印象。

佐佐波想不出任何話。

走二十公尺左右，佐佐波在光線不佳的入口收起雨傘。他們搭上電梯，勇次唸著一連串沒有意義的招呼語。電梯同時靜靜地停了，門向左右滑開。

盡頭就是三〇六室，旁邊的小窗流洩出光線，紗窗底部還躺著飛蟲的屍體。佐佐波按下門鈴。裡面響起腳步聲，隨後門開了。門後出現的男人讓佐佐波小小地動搖了。他見過這個人，對方是五月時在小學教職員室遇見的微胖教師。佐佐波想起對方自稱內田。

對方的臉微微泛紅，可能喝了酒。

內田露出一副吃驚的神色開口：

「你不就是那個出版社的人嗎？」

佐佐波設法重振精神。「在下佐佐波，先前承蒙你們幫忙。不好意思在這種時間打擾，但有件事無論如何想要來請教您。」

對方露出困擾的神情，稍微皺起眉頭。

「關於上次小說的事情嗎？」

「不，是關於別的——」

腳邊的男孩突然飄起來，直直盯著內田的臉，大概是認出父親。但內田沒任何反應，他顯然看不見幽靈。

「今天來拜訪是爲了別的事。」

佐佐波只有一個目的，就是讓內田抱緊勇次。如果勇次的遺願達成，問題就解決了。但究竟要怎麼向內田表達？幽靈可不是讓人輕易相信的存在，要用什麼方法才能讓他接受？

乾脆說謊——佐佐波想。對，就說自己在採訪因意外而失去小孩的遺族如何？聽過內田的說法後，他再表示想拍照，拜託內田擺出抱緊小孩的樣子。

但佐佐波自己無法接受這個謊言。就算一切照計畫進行，勇次被只是作樣子的擁抱抱在懷裡，他就此滿足嗎？雖然說不出口，但佐佐波認爲這是錯的，選擇更坦然誠實的作法比較好。謊言不適合幽靈，因爲他們何時何地都眞摯追逐自己的願望。

佐佐波吐出一口氣。他感到自己現在太激動了。

「勇次就在這裡。」

自己太疲累，無法做出正常的判斷，佐佐波這麼分析。儘管如此，他還是繼續說。

「這不是比喻也不是暗示，他眞的在這裡。勇次八年間孤單一人，只有我發現他，因爲我看得到幽靈。」

內田一臉困惑，然後突然露出憤怒的表情。

「你到底在說什麼？」

「我說得一五一十都是事實，我不想多做矯飾。你的兒子變成幽靈，就在你的面前，他希望有人緊緊抱著他，而那只有你辦得到。」

內田抓抓頭。「夠了，現在太晚，您請回。」他握著門把的手向內關起門，但佐佐波伸出右腳卡住猛力關上的門。

「你不相信我也是理所當然，但若你還愛著勇次，請你相信我的話。」

內田使出大得出乎意料的力氣用腳底推出佐佐波的右腳。門發出巨響後關上，佐佐波用力敲著緊閉的門。

「很簡單的，只要緊緊抱住這孩子就好了，勇次只要這個而已。」

雨坂在這裡的話，是否可以處理得更好？他是不是可以靠高明的故事寫出令人感動的結局？可能辦得到，可能辦不到。他也可能說出和佐佐波一樣的話。雖然不確定這麼做對不對，但佐佐波沒時間迷惘了。

「他是八年間孤單一人的孩子，只希望有人抱住自己，你不該置之不理吧？」

佐佐波再次大力敲門。

「雖然你懷疑我，但為了勇次，請你相信我。」

佐佐波腦中已經沒有下一句話，他只能持續吶喊。

「拜託，請你開門！」

他明白這沒用，心智正常的大人根本不會為幽靈開門。

即使如此，佐佐波還是繼續敲門。

「就算我的話是謊言、或是惡劣的玩笑，你也必須相信才行。」

有時即使是謊言，也有該坦承被騙的時候。

「你的孩子回家了啊！請開門。」

佐佐波再舉起右手時，一絲光線從打開的門縫間流洩出來。生鏽的絞鍊發出痛苦呻吟般的聲響後，內田一臉困擾地從門後出現。

「眞是的，你到底是哪一號人物啊？」

佐佐波放下右手吐出一口氣。「我是編輯。」無論何時都希望故事以最佳的結局結束，僅止如此。

內田輕輕搖頭。「請不要拿我開玩笑，說什麼幽靈。」

「我是認眞的。」佐佐波毅然決然地低下頭。如果有必要的話，兩手支地讓額頭貼在地板上也行，佐佐波相信眞誠請求是唯一的正確方法。

「拜託了。」

螢光燈發出細微低沉的聲響，雨點正在敲擊著屋頂。

佐佐仍舊維持彎腰的動作直盯著腳邊的水泥地。

沒過多久，低微的聲音響起。「請抬起頭來。」內田不悅但認真地看著佐佐波。

「勇次在哪裡？」

「他就在你的腳邊，仰頭專心地看著你。」

「這招聽起來真詐啊。」

他見不到半分猶豫就自然而然跪下，然後就向勇次伸出雙手。

「這裡嗎？」

「再近一點……對，就是那裡。」

「那孩子現在就在這裡？」

「是的。」

「緊緊抱著就好了吧？」

「沒錯。」

內田閉上眼睛，眼皮微微顫抖，兩手向內彎起，指尖施加力道。

佐佐波在內心呼出一口氣。

——也是，他應該更早察覺到。

內田雙手交疊在胸前，就像懷中抱著幼小的嬰兒。在他身旁，幽靈男孩一臉不可思議地注視著他。對內田而言，勇次還是四個月大的嬰兒。他和成長爲八歲模樣的男孩之間有著無法塡補的鴻溝。內田無法抱緊自己的孩子。

看著眼前的情景，佐佐波完全不知如何是好。

這時，勇次稍微動了。

他小心翼翼伸出手，抱住內田。

內田睜開眼睛，露出用力咬緊什麼的表情，嘴角隱隱抽動。

「啊，是眞的——」

他再次用力閉上眼，交疊在胸前的雙手抱得更緊。

這是讓人感動的情景，佐佐波這麼想。他眞切發自內心這麼想。

儘管勇次在內田一步之遙的位置，歪著頭露出疑惑的模樣。

＊

佐佐波進電梯時想起小暮井由紀。她不知何時起就不見蹤影，怎麼一回事？小暮井不像會一言不發地離開。但佐佐波現在沒時間細想。

「該怎麼辦呢？」

他不禁嘟嚷，視線投向男孩。內田無法抱緊他，幽靈仍在這裡。

下降的電梯停下，門緩緩打開。雨水在大廳另一側的玻璃門外猛烈敲擊著柏油路。屋簷為了遮雨向外延伸，兩名少女站在下方。

佐佐波事先沒有任何預感，但不知為何並沒太吃驚。其中一位是小暮井由紀，另一位是星川奈奈子，佐佐波兩個月前在某間圖書室遇見幽靈。佐佐波只好走向她們，要不然也沒其他辦法。他推開玻璃門時，星川奈奈子道「晚上好」。

「喔，晚上好。」佐佐波回應。

「晚安。」幽靈男孩也應一聲。

星川奈奈子在勇次前蹲下。

「辛苦了，難為你獨自度過這麼長的時間。」

她蹲著向勇次伸出雙手。

——啊，對了。

幽靈碰得到幽靈，只有幽靈才能抱緊幽靈。

勇次睜大雙眼，拼命地抓緊星川奈奈子的衣服，他從喉嚨中迸裂出聲音似地放聲大哭。那是嬰兒的哭法，而不是模仿的招呼語。這想必是他唯一理解的溝通方式，儘管這多麼寂寞，因為僅是他單方面的傾訴。

勇次的哭聲逐漸細微，即使他仍在大聲哭喊，聲音卻宛如飄到遠處般逐漸變小。然後，微弱得彷彿被雨聲輕易蓋過的哭聲及話語，掠過佐佐波耳邊。

「你好，歡迎光臨，我出門了。」

勇次的身影急遽變淡，佐佐波也無法看清他的模樣了。

勇次說。

「我回家了。」

「嗯，歡迎回家。」

佐佐波這麼回應。

哭聲殘留在耳際，這已是最後的餘音。

星川奈奈子的懷中，再也不見他的蹤影。

她起身靜靜垂下眼簾。

「傻孩子。即使擁有抱住別人的能力，也無法強求別人抱緊自己呀。」

佐佐波搖搖頭。「他分不出差別。他還活著的時候只要伸出雙手，就一定有人緊緊抱住自己吧。」

「那孩子是不是把我當成母親了？」

「誰知道，也許吧。」

「你不覺得這很過分嗎。比起伸出雙手的父親，他反而把我這個毫不認識的陌生人當成重要的人。」

「我無法判斷。」

她用右手輕碰耳朵一帶，再低語一聲「傻孩子」。

佐佐波搔搔頭，他對眼下的狀況一頭霧水。

「妳沒消失啊。」

「看來如此，畢竟我還待在這裡。」

「那妳眞正的遺願是什麼？」

星川奈奈子笑了。她揚起嘴角，彎起的弧度給人一種冷淡的氣息。

「我不知道。你不是偵探嗎？自己調查啊。」

小暮井由紀出聲了。「請妳告訴我，奈奈子，到底怎麼一回事？」

星川奈奈子的視線轉向小暮井。「我就是要妳好好想。」她輕輕攤開雙手，白色的肌膚在一片黑暗中映照著緊急出口的燈光。

「我到底是什麼人？究竟想做什麼？這些問題的答案，妳想得出來嗎？」

小暮井沒有回答。她想不到確切的答案，僅僅露出泫然欲泣的表情注視星川。星川奈奈子搖搖頭。「吶，由紀，妳果然不應該被我蒙在鼓裡。」她高高地飄起來。

幽靈少女在生者無法企及之處露出微笑，隨後消失在烏雲滿布的天空中。

續
對某間咖啡店的描寫

雨坂撐著臉頰，閉起眼。

他正在睡覺吧，這是常有的事。小暮井由紀在雨坂隔壁的座位坐下，望著他的背影。由紀自己也很想睡，因爲昨天沒睡好。窗外正下著雨，雨從昨天晚上就未曾停歇。窗外傳來一片嘈雜的雨聲，梅雨似乎還會再持續一小段時日。

距離那個幽靈男孩——內田勇次成佛後已過了一晚。由紀應佐佐波先生之邀，再次來到「徒然咖啡館」，但不見佐佐波的人影。

「妳再次遇到星川奈奈子是什麼時候？」

雨坂詢問。由紀原本以爲他在睡覺，看來似乎不是。

「兩個月前。佐佐波先生幫忙找到那本書後沒多久。」

「原來如此。」

「我可以到你那邊的座位嗎？」

「當然可以。」

由紀移動座位，因爲原本的位子看不到雨坂的表情，所以她有點不安。眞虧雨坂先生和佐佐波先生能夠背對背談天啊，由紀暗自佩服。由紀在雨坂面前的座位坐下，發現雨坂先生露出微笑。剛才總有一種被雨坂責問的感覺，由紀有點意外。

「你不是在生氣嗎？」

「生氣？針對什麼？」

「因爲我沒說出奈奈子的事情。」

「妳不需要在意，我大致上猜到了。」

「怎麼會？」

雨坂宛如用細長手指拈起杯子似地輕拿起茶杯。

「告白。」

「咦？」

「聯想遊戲時，妳回答了醫院。」

雨坂將飲過一口的茶杯擱回茶碟上。

「那是毫無道理的答案。」

由紀的眉間堆起皺紋，她不明白雨坂的意思。

雨坂豎起食指。

「對妳而言，醫院應該不是一個能脫口而出的詞彙。這個詞彙應該馬上讓妳聯想到星川奈奈子。至少兩個月前都是如此，所以我想是否有什麼改變了。」

由紀忍不住笑了。「就因為這樣，你才覺得我又見到奈奈子了？」

「或多或少也有其他的佐證，但大致上是這麼一回事，因為登場人物的心理不會毫無理由地產生變化。」

「現實中可能不太一定。」

人的心思即使毫無理由也會改變。要給每一件事安上道理反而太過盲目，感情這回事如此複雜，不一定有脈絡可循。

雨坂先生搖搖頭。「我透過故事思考，也會作出錯誤判斷。這是常有的事。」

「還眞是辛苦。」

「令人煩惱的是，我沒有改變的動機。但每個人都會判斷錯誤，比起現實上的判斷錯誤，故事上的判斷錯誤還比較合我的個性。」

由紀突然想起某番話。

「佐佐波先生說雨坂先生是純粹的小說家。」

他稍微皺起臉。「我很難想像純粹的小說家這種人實際存在。」

由紀不解地偏偏頭。「雨坂先生不算嗎？」

「起碼我想像的純粹小說家不會出書。」

由紀大感意外，甚至有點矛盾。

「為什麼？」

「純粹的小說家目標是寫出完美的小說，但完美的小說不存在，那不是人類寫得出來的東西。不有所放棄的話，一本書就無法完成。就某方面來說，完成和放棄的意思相同。」

　這樣嗎?由紀充滿疑惑。

「雨坂先生想要一直寫不會完成的小說嗎?」

「我也有那種想法，不過人只要活著，肚子就會餓，一定要混口飯吃;同樣地，想要受人誇獎的話，就一定要出書。填飽肚子與獲得認可的慾望，這些不純動機就是小說家這種職業的本質。」

　由紀仍然不太明白。

不論什麼理由，比起不出書的小說家，由紀更喜歡出書的小說家。無法被讀到的書代表不存在世上，而讀得到的書就算是不完全的狀態，多少還是能讓人享受其中。比起不存在，由紀寧可選擇帶來樂趣的選項。

下樓的腳步聲響起，應該是佐佐波先生，由紀想。

那麼，雨坂低語後，伸手比向背後的座位。

「我們差不多該回到妳的故事了。」

由紀點頭。

她必須向兩人坦白一切。

4

人物心理描寫不足

不管你是編輯、偵探、還是咖啡店店長、
你到底在打什麼主意？
我們說好只能輪流問對方一個問題，不是嗎？

1

小暮井由紀在兩個月前的星期六收到傍晚天空封面的書。那本書由佐佐波幫忙找到。由紀在「徒然咖啡館」收下書後前往墓園，她想將書供在星川奈奈子的墳墓前。

但她在路上改變心意，因爲書一被雨淋就會變得破破爛爛，颳大風還可能被吹走。供奉書的話，還是供在佛堂前比較好。這個不論誰都能輕易想到的念頭，在由紀來到墓園入口時才閃過她的腦海。但她想著難得來一趟，還是到朋友墳前祭拜一下，於是走上石階。

石階兩側的茂鬱樹木枝枒交錯，嫩綠色的樹葉隨風搖曳。現在還未進入六月，樹葉間隙漏下的陽光一片柔和。距離正式迎來夏天仍有一步之差，但爬完近一百階的石階後，由紀身上質地輕薄的罩衫已經因滿身大汗而緊緊黏在肌膚上。

一位少女坐在墓碑上，由紀一眼就認出對方的身份。

那是小星，星川奈奈子就坐在自己面前。

她從墓碑上跳下來，站在鋪設石板的地面上。她在藍天之下不像死者。除了行動時沒任何聲響，她和生前毫無差異。

「我一直想坐坐看墓碑。」她開口。「但坐別人的墓碑會被罵吧？自己的就不用客氣了。」

由紀經過一番努力地笑起來。和變成幽靈的奈奈子重逢，她決定要用和以前一樣的態度面對她。

「我會生氣的，請對自己的墳墓表現敬意。」

小星輕輕歪歪頭。「奇怪，我以爲妳會更吃驚。」

「我很吃驚，但見到小星卻發出尖叫，不是也很奇怪嗎？」

「但我認爲幽靈的威嚴也很重要。果然這裡沒有白色的三角形就不行嗎？」

小星指指自己的額頭，她是指幽靈會戴的白色三角巾。

「那有什麼意義嗎？」

由紀問，白色三角巾既無法當成帽子，也沒遮陽功能。

「誰知道，但比較有氣氛。」

「一種時尚？」

「類似吧？畢竟首飾也曾經用來袪邪。」

由紀同意這個說法，但幽靈配戴袪邪飾品很奇怪。一般來說應該相反，不過由紀不好意思對幽靈本人指出這點。

「但是啊，我以爲小由會表現出更害怕一點的樣子。」

「我才不會對小星感到害怕。」

「但妳不是要讓我成佛才找來那本書嗎？」

小星指著由紀手上的書。

「成佛？」這個詞彙對由紀來說很陌生。「我完全沒想過那種事。」

爲什麼非得讓朋友成佛呢？好不容易見面，甚至對話。由紀很不解。

小星吃吃地笑起來。「幽靈出現的話，不都是要讓幽靈成佛嗎？」

「那是壞幽靈。」

「說不定我也是壞幽靈。」

「眞的嗎？」

「難說，我可不知道。」

山的方向傳來清亮的鳥鳴。五月的墓園訪客不多，排列整齊的墓碑前供奉的花都已凋零枯萎，僅僅錯落兩三處的菊花特別醒目。

小星走向由紀。

「但不管好幽靈還壞幽靈，只要是幽靈，都有希望實現的遺願。」

「小星也有嗎？」

「我大概知道是什麼。」她的視線幾乎無法察覺地往下移。「遺願實現時，幽靈就會消失。」

「那就別管遺願了。」

「但我想要達成那個遺願。」

由紀覺得她們的談話瀰漫著絕望，就像一則無可奈何又毫無救贖的故事。

「妳的眉頭——」小星出聲說道。「又堆起皺紋來嘍。」

她笑著。由紀雖然不想用這樣的說法，不過那笑容就和她生前的笑容一樣。

「還是多留意一下比較好，額頭是小由的迷人之處。」

「這個習慣我老是改不了，到底該怎麼辦？」由紀急忙揉散眉間的皺紋。

「貼個貼紙如何？」

「那就不會堆起皺紋嗎？」

「開玩笑的，比起眉間長皺紋的女孩子，額頭貼著貼紙的女孩子比較奇怪。」

「但是ＯＫ繃的話，說不定不會那麼顯眼。」

「哦，挑戰男孩子氣的造型嗎？」

「我意外還蠻適合棒球帽的。」

但不太適合可愛的衣服，還是小星比較適合綴著荷葉邊之類的的衣服——明明小學時中性化的模樣讓人誤以爲是男孩。由紀在心中欣羨地想著。

與友人睽違一年的對話和往昔毫無差別，由紀非常開心，儘管朋友現在成了幽靈。

由紀盡力用若無其事的口氣詢問。

「話說回來，小星的遺願是什麼？」

一瞬間小星露出困擾的笑容，輕輕攤開雙手，她用宛如站上舞台的演員般誇張的語調回答。

「我不太清楚，是兩個願望中的其中一個。但到底是哪個，我就不知道了。現在就像是看著餐廳的菜單，煩惱著我想吃的是義大利麵呢？還是蛋包飯呢？類似這樣。」

她多話到令人起疑的時候，其實都是講眞心話；說謊時，反倒惜字如金。

「兩個指的是？」

「祕密，我哪天再告訴妳。」

「小星接下來打算怎麼辦？」

「總之，我想先搞清楚我的願望到底是什麼。」

小星彎身望向由紀。

「所以，小由，我想拜託妳一件事。」

「沒問題。」

「毫不猶豫呢。」

「毫不猶豫哦。」

過世友人拜託的事，由紀根本不可能拒絕。

友人伸出右手食指。

「我要拜託幾件事，第一件非常簡單。」

「是什麼？」

「停止用小星來稱呼我，叫我奈奈子就好了，我也改叫妳由紀。」

這是意外的要求，畢竟一開始是她要求用暱稱互相稱呼。

「爲什麼？」

「不爲什麼，想這麼做而已。」

「也不是不行啦。」

奈奈子，ㄋㄞˋㄋㄞˋ・ㄗ，由紀在心中復誦名字，唸起來像是和「小星」完全不同的人。

「那，由紀，接下來是第二個願望。」

她伸出纖細白皙的手，試著拿起由紀抱在胸中的書，但蒼白的手卻撲了個空。

她垂下眼，注視著自己的手。

「我連書都碰不到了，妳能陪我讀那本書嗎？」

由紀無法馬上回答。小星之前待在小學的圖書室，一定就是爲了找這本書。說不定這本書就是她未達成的遺願。

「妳的眉頭又皺起來了。」小星露出微笑。「沒事，我就算讀那本書也不會消失不見。」

如果這本書不是小星留戀的東西，爲什麼她那時在小學的圖書室呢？抱著這樣的疑惑，小暮井由紀微微點頭。

「我知道了，但請告訴我一件事。」

「什麼事？」

「妳寄給我的那封信。」

放在藍色信封中，僅有一張信紙的簡潔來信。

——我忘了書名是什麼，妳有沒有什麼印象？

針對封面印著傍晚天空的書，信的最後寫了奇妙的內容，由紀雖然沒有對那位偵探說過，但一直非常在意。

——吶，由紀，妳果然不應該被我蒙在鼓裡。

「我……被小星蒙在鼓裡嗎？」

奈奈子露出微笑。

「不是小星，是奈奈子。」

但她的笑容十分冷淡，和由紀過去知道的笑容完全不同。

由紀說不清楚，不過那是從根本相異的微笑。

由紀眼中的星川奈奈子第一次看起來像個幽靈。

「仔細想想，妳一定能夠明白。」

但由紀還是一頭霧水。就算被說蒙在鼓裡，由紀也不知如何是好。

因爲她根本不可能懷疑小星。

＊

以上是兩個月前發生的事。

大致說明完經過，由紀小心翼翼望向對面的偵探——佐佐波先生。他露出不悅的神情，和卡在塞車車流之中，坐在駕駛座上的父親十分相似。

佐佐波用右手食指敲著額際。

「妳兩個月前就和星川同學在一起。」

「是的。」由紀自認沒做虧心事，但有些內疚。

「是妳向商店街的理事長介紹我吧？啊，正確來說，是介紹給理事長的女兒。」

「是。」

「那也是星川同學的指示嗎？」

由紀低頭不語。商店街的調查是小星——奈奈子的「請求」，但她也要求不要將這件事告訴任何人。

佐佐波先生坐在椅子上，雙手插進口袋。他接著仰起上身，朝身後敲打著鍵盤的雨坂先生低語。

「你覺得呢？」

雨坂先生的視線沒有離開螢幕。「你問星川同學的事情嗎？」

妙。」

「她的故事尚未拼上每塊拼圖。我在圖書室時沒注意到，但寫成小說時發現有點微

「當然。」

「沒記錯的話，你說人物心理描寫有不自然之處。」

「沒錯。」

由紀情不自禁插嘴。「你們說什麼？」她無法理解。

雨坂先生輕輕搖頭。「現在還沒辦法告訴妳。」

「為什麼？」

「因為目的和答案經常不一致。有時候，通往答案的過程才是目的所在。就像直接把解答抄到試題上毫無意義、偷看推理小說的結尾會減少樂趣。視情形，說得太多只會成為橫亙在目的地前的阻礙。」

嗯，一如往常的雨坂先生，由紀想。雖然彬彬有禮，但一點也不溫柔。由紀總覺得雨坂先生有點不可捉摸。更正確來說，難以感受到他們以相同結局為目標。即使是現在，由紀和佐佐波先生面對面而坐，雨坂先生卻自顧自看著螢幕。

由紀求救般地看向佐佐波先生，於是後者開口。

「希望妳先原諒我未加揀選措辭。」

「怎麼了？」

「我認為星川奈奈子很可疑，她打算利用妳完成某件事。」

「某件事……是什麼呢？」

「不知道。」

佐佐波先生深深嘆一口氣，從椅子上站起。

「但我沒辦法放著她不管。」

2

從椅子上站起的佐佐波蓮司俯看著雨坂續。他昨天針對過世的少年調查一番。調查對象當然是那個幽靈——內田勇次，然而調查勢必會遇上另一位少年的死。

星川唯斗，星川奈奈子的雙胞胎哥哥。他在小學時因先天疾病過世，佐佐波原本猜測死因是手術失敗，但錯了。

星川唯斗不是在整潔的病床上嚥下最後一口氣。

秋天的深夜裡，他在淒涼的路旁離開人世。爲手術移往大型醫院的前天晚上，他偷偷溜出醫院，不幸在路上病情發作。當他被人發現時，心臟已經停止跳動。

佐佐波得知唯斗死亡的詳情時，反射性想到「復仇」這個字眼。雖然不知道復仇的對象，也不知道怎麼復仇，但關於兄長的死亡，星川奈奈子是不是知道什麼？是不是知道他非得溜出醫院背後的原因？

星川唯斗應當明白自己的身體狀況，他想必是賭上年幼的性命溜出醫院。換句話說，他有讓他非得賭上性命的隱情。爲星川唯斗之死復仇，難道不是那名少女的遺願？

星川奈奈子先前待在圖書室。將她與那間圖書室連起來的拼圖，除了星川唯斗以外別無他想，佐佐波認爲這樣的推論並不會太過跳躍。這當然可能只是誤會，但仍有必要保持警覺。如果星川奈奈子是懷有惡意的幽靈，絕不可以放置不管。

佐佐波走到雨坂身旁。

對方注視著螢幕，一手托著尖削的下巴，推敲文句似地望著文章。

佐佐波出聲。「情節現在構築到哪了？」

「難以回答。現在沒有任何該由我說的台詞，只需要少女的獨白。」

雨坂的視線移向小暮井由紀，佐佐波跟著望向她。

她不知如何是好，一聲不吭地回看兩人。

「雨坂，現實中的人類不會照你的構想行動，事情不會像故事那樣發展。人會漏聽別人的話，也會忽略瑣碎的伏筆，事情也不會翻開下一頁就能全部獲得解決。就算稍微不符合故事的美感，還是需要有人說點什麼，才能進行到下一幕。」

雨坂看向佐佐波。

他透過眼鏡凝視著佐佐波的眼神一片淡漠，難以感受到人類的情感。

「如果是我創作故事，說不定可能如你所說地調整情節，也許能由高談闊論的敘事者不停推進故事，但眼下的作者不是我。」

星川奈奈子才是作者嗎——佐佐波默默在心中補完言外之意。

「把一切都交給那位幽靈嗎？」

「誰知道。」他一派輕鬆地聳聳肩。「解讀出她勾勒的故事結局前，我打算當旁觀者。我不想對不知結局的故事指手畫腳，這行爲太庸俗。」

佐佐波在雨坂對面的座位坐下。

作家和編輯永遠只會在意見對立時相對而坐。

「我說雨坂，她能夠信任嗎？」

星川奈奈子——那位幽靈。

幽靈不一定都是邪惡的，也有善良的幽靈。就這點來說，幽靈和活著的人類毫無差別。

不過幽靈和人類的相異之處主要有兩點。

首先，他們不受社會束縛。制裁他們的法律、社會大眾的看法、對未來的不安與盤算都不存在。但就算幽靈和人類一樣，一般人也很難相信他們在不受社會規範的情況下，自身的所作所爲比生前和善；第二個相異點是他們都受縛於自己的遺願。幽靈非常執著於完成遺願，爲了實現遺願，可以不擇手段。如果是極爲憎恨的對象，恐怕會毫不猶豫地以具體的惡意行爲相向。

佐佐波緊緊盯著雨坂的眼睛。

「星川奈奈子的遺願絕對不會引發誤入歧途的行爲，你能作出保證嗎？」

雨坂的眼睛在鏡片後眯起。

「『絕對』這個詞彙眞蠻橫。」

「但這個保證非常重要，說書人。你在圖書室說的故事出錯了，我不打算放著遺願不明的幽靈不管。」

「如果眼前的故事眞意尙不清楚，我就想好好解讀。現在還不是判斷結局的時候。」

這樣的相處模式很常見。關於如何處理幽靈，只要兩人意見分歧，同樣的困境就會浮出水面。不，這或許不算問題，僅是雙方持有對立的價值觀。

「如果生者和死者並存，我一定以生者爲先。」

「我雖然不想對人類和幽靈差別待遇，但是大多時候幽靈的存在眞的很美好。他們只爲單一目的行動，達成遺願就會消失無蹤，我不由得充滿敬意。」

佐佐波搖搖頭。「幽靈的存在就像頭尾完整的出色小說。」

「是的，他們具有純粹的故事性。」

「但現實永遠比小說重要。不管小說家怎麼掙扎，這不會變。」

「我呢——」雨坂續笑了。那是缺少人類情感的表情，只能以僅僅一行「他笑了」描述，宛如虛構故事般的笑臉。

「我不想特別區分現實與故事。」

這一定是雨坂續最極端的特質。他不會在現實與虛構間劃出界線，甚至可說是病態。在他的認知中，現實和故事無縫地銜接在一起。

佐佐波不打算否定雨坂性格的這一點，他認爲雨坂對故事幾近異常的執著，而這毫無疑問是他才能的一部分。作爲編輯，佐佐波無法對此否定；另一方面，佐佐波也瞭解這份特質對雨坂的危險性。他擁有這樣的個性，一定會奮不顧身地尋求故事的美感。

只有一句話，可以爲絕無答案的對立劃上句點。

佐佐波從座位站起。

「我們就各行其是吧。」

最後只能依照自己的意思行動。

雨坂關上筆記型電腦。

「當然，這樣效率最好。」

佐佐波轉身背向雨坂，他前進數步後，在小暮井身邊停下。

「關於星川同學，妳想怎麼辦？」

她瞪著佐佐波。「我不希望小星消失。」

「這樣。」佐佐波抓起桌上的收據，準備離開咖啡店。

雨坂的聲音從他背後傳來。

「不要太受困於過去，幽靈也有千百種的。」

佐佐波沒轉身，他隨意地揮揮手。

「要說受困於過去的話，應該是彼此彼此吧。」

佐佐波走出徒然咖啡館。

當時，佐佐波還只是隨處可見的平凡少年。他在心中某處總把大人當笨蛋，喜歡找出破銅爛鐵的價值，還老是聽搖滾樂，覺得自己因此了解世界的眞相，然後逕自隱瞞自己看得見幽靈的事情。

只對一個人例外。

「死者應該要獲得救贖吧？」那個人說。「每個人終有一死，結局還是快樂一點比較好，好萊塢就證明這點。」

直截了當地說，他是缺乏魅力的中年男人。臉上有顯眼的皺紋，戴著厚重的眼鏡，總穿著褪色的ＰＯＬＯ衫，頂著一頭睡得亂糟糟的頭髮，卻莫名帶有獨特的魅力。

「如果結局是快樂的，人就不會變成幽靈了。」佐佐波回答。

幽靈都抱有深沉的願望。人會成爲幽靈，多半是以某種形式的悲劇結束人生。

老人笑了。「這樣一講，幽靈的存在就是一種救贖。」

「爲什麼？」

「你知道快樂結局和悲劇結局的差別嗎？」

「就像郵筒和飛機一樣一目瞭然吧。」

「但也十分耐人尋味，不過現在要談快樂和悲劇結局，譬喻太過跳躍的話，容易讓人看不清本質啊。」

佐佐波舉出郵筒和飛機並非是想當作什麼譬喻，只是把浮現在腦海子裡、看起來沒什麼關係的兩件事物說出來而已。佐佐波用指尖撥弄杏仁巧克力的包裝紙，那個人的房間總放著杏仁巧克力。

「快樂結局和悲劇結局的差別究竟是什麼？」

「差別在作者在哪裡停止故事。」

「作者？」

「沒錯，每個故事都有一個說書人。」

他從桌上拿起一包杏仁巧克力，拆開包裝後塞入嘴裡，佐佐波也照著作。佐佐波不太喜歡甜食——因爲這小孩子氣又蠢兮兮的——但杏仁巧克力另當別論，杏仁巧克力出現在他喜歡的搖滾歌曲歌詞中。

男人繼續說：

「作者停止說故事時，停止處就是故事結局。如果故事結束在主角得到拯救，那就是快樂結局。」

佐佐波輕輕地偏頭。當他將某人當成笨蛋時，就會這麼做。

「然後公主和王子在一起，可喜可賀。」

「正是，不過如果故事繼續寫，說不定會變成悲劇，沒人保證公主和王子過得幸福美滿。」

「因爲吊橋效應在一起的兩人早早破局，這也有可能。」

佐佐波試著使用一知半解的詞彙。

「當然也可能相反。」那人用中指推推眼鏡。「已經迎來悲劇的故事，只要繼續寫，說不定有機會變成快樂結局哦。」

佐佐波又偏偏頭。他正是憤世嫉俗的年紀，覺得悲劇比快樂結局來得高尚，搖滾巨星不應該活過八十歲。

「但也有無可奈何的悲劇。」

「例如說？」

「例如主角過世之類的。」

說完後，佐佐波注意到自己完全中了男人的話術。那個人得意地瞇起眼。

「但幽靈存在的話，主角死了故事也會繼續。順利的話，說不定能走向快樂結局。」幽靈的存在是一種救贖，他說。

一如以往，那個人就像一眼看穿故事走向似地支配著對話。

「那就是我的志願。我要爲了迎來悲劇的人們述說故事，而你擁有辦得到這件事的力量。」

那個時候，佐佐波還只是隨處可見的平凡少年。喜歡找出破銅爛鐵的價值，還老是聽搖滾樂，覺得自己因此了解世界的眞相，討厭甜食，不過杏仁巧克力例外。並且渴望有人發掘自己的價值。

「蓮司小弟，可以的話，希望你助我一臂之力。」他說。

＊

但那個人死了。

他捲進關於某個幽靈的案件或意外，輕率死了。

佐佐波不打算感情用事，但正如雨坂所說，自己也有「受困於過去」的理由在。這理所當然，因爲人的一生是由過往記憶一點一滴堆砌起來。佐佐波並非憎恨幽靈。有善良幽靈的話，自然也有邪惡幽靈。善良幽靈自然該得到救贖，而邪惡幽靈也應該盡可能獲得拯救。

——但不懂得從過去學習的傢伙，不是笨蛋嗎？

就算看得見幽靈，也不代表分辨得出善惡。佐佐波不得不保持警戒，尤其是說謊的幽靈。

他打開插在咖啡店傘桶中的深藍色雨傘。他以前用黑傘，但被客人誤拿後就改用有顏色的傘。豆大雨點嘩啦嘩啦地地敲打傘面。佐佐波不喜歡下雨，這讓他覺得有一股來自頭頂的壓迫感。

佐佐波與一對爬上北野坂的母子擦身而過，母親撐紅傘，男孩撐黃傘。小學放學了，佐佐波想，然後猛然想起今日是星期天。佐佐波的藍傘輕輕碰到紅傘，兩人低頭致意。

佐佐波往坡道下走幾步，接著停下來。

「星川同學。」

他沒頭沒腦地出聲後，來自背後的回音響起。

「你注意到我了？」

佐佐波轉過身。「試試看而已，我一直想見妳。」

幽靈少女佇立在大雨中。

佐佐波有預感星川奈奈子在監視小暮井由紀。而她如果聽到咖啡店的對話，比起小暮井，她應該會更警戒佐佐波。

「妳能告訴我妳的願望嗎？」

「不可能，我不相信你，就像你不相信我。」

「妳比我想像中還要坦白。」

星川皺起眉頭，表情和小暮井由紀十分類似。

「什麼意思？」

「當幽靈應該有種種不便，隨便說幾個謊來利用我應該比較方便。」

「我可沒打算利用不認識的人。」

佐佐波搖搖頭。「妳的台詞和故事有矛盾。」

脫口而出的話令佐佐波在心裡笑起來——故事嗎。佐佐波一向配合雨坂使用這一類措辭，但回過神時似乎已經變成自己的習慣。

「妳利用過我了，妳到底打算藉由那個男孩的事件做什麼？」

商店街的委託人會找上佐佐波，這是小暮井由紀的安排，而既然星川奈奈子對小暮井下這項指示，那麼她的遺願必然和幽靈男孩有關。

「那我修正我的發言。」

星川直直望進佐佐波的眼裡。

「你的工作已經結束，可以從我的故事退場了。」

佐佐波搖頭。「事情沒這麼簡單。」

「為什麼？」

「妳不認識雨坂續。」

星川對雨坂性格中的作家觀毫無理解。

他的小說有兩個缺點，某位書評家曾經發表這樣的評論。

其中一個是和希望──海邊的那位幽靈相遇所造成的深刻傷口，但那不是他的本質，是後天的瑕疵。另一個則更接近雨坂性格的本質，佐佐波不認為那是雨坂的缺點，反而認為那是雨坂的才能之一。

「那傢伙對某種結局十分固執，而且執著非常強烈，毫不動搖。」

「你是指什麼意思？」

「妳馬上就會懂了。」

佐佐波伸出空著的左手，雨滴落在掌中。

「妳想實現妳的遺願，我想讓妳早早成佛。要讓幽靈成佛，最簡單的方法就是實現幽靈的遺願。」

佐佐波一再重複同一句話，自從初次在圖書室相遇。

此時，他再度吐出同一句話。

「我們的目的既然一致，何不合作呢，星川同學？」

他暫時不打算讓眼前的幽靈離開視線範圍。

3

自己像被遺棄了。

偵探先生離開咖啡店後。小暮井由紀看回前方，雨坂先生正將筆電收進電腦包。

「雨坂先生。」

由紀出聲後，他看向由紀。

「有什麼事嗎？」

「我現在不知如何是好，什麼都搞不清楚。」

現在該做什麼、該思考什麼都不知道，實在傷透腦筋。

雨坂先生點頭。

「不知道的事就坦率說自己不知道，這是件美德。」

就算被稱讚，由紀仍不知所措。她決定先請求雨坂先生指點。

「請給我一點提示。」

他歪歪頭。「說起來，妳究竟不知道什麼事？」

「我不知道奈奈子的目的，也不知道自己該做什麼。」

「非常明確的問題。既然已經知道問題，接下來就是思考。」

雨坂豎起細長的食指。

「不論情節、設定、小說，或日常生活，最重要是察覺問題。只要具備這份能力，接下來慢慢前進就好。如果發現問題所在，自然找得出答案。」

他說得很容易，但由紀陷入絕望。

「就算知道問題，我還是不知道如何找出答案。」

「思考吧，延伸自己的想像力，設想無數的設定和故事，從中選出正確的選項。」

就算雨坂先生鼓勵自己思考，由紀也不知道怎麼做。難道自己至今爲止都像傻瓜一樣渾渾噩噩度日嗎？大概是吧，由紀氣餒地想。在毫無頭緒的狀況下，由紀試著自己動腦思考。她伸出手扶著額頭並閉上雙眼。

注視著眼皮內側微明的黑暗時，雨坂先生的聲音響起。

「由我來描寫場景吧。」

由紀抬起眼皮，她剛剛太用力閉起眼睛，視野有些朦朧。

「場景嗎？」

「妳需要想起關於星川同學的每一件事，並且透過她的每句話、每個行爲來理解結局。」

結局，這是令由紀反感的詞彙。

「我希望奈奈子留下來。」

「那妳只要將這個結局當成目標就好了。但小暮井同學，一旦妳找到這個目標，妳就必須和星川同學對立。」

「對立？」

「星川同學現在被她的遺願束縛著，而當她的遺願實現時，她就會消失。妳想和她永遠在一起，就必須不停妨礙她達成目的。」

由紀搖頭，「我不想這樣。」

雨坂聳聳肩。「妳不情願還是得抉擇，這是妳目前必須做的。」

眞的只能這樣嗎？由紀在內心自問。

難道沒有奈奈子也能夠認同，讓兩人可以永遠在一起的解答嗎？

——自己正在思考非常過分的事情，正在思考如何違逆奈奈子的意願。

如果這是出現在公民課上的故事，如果自己可以事不關己地淨說些漂亮就好了。

幽靈終究應該成佛。

毫不猶豫地解決幽靈的執念，走向讓死者回歸自然的結局——老師應該會稱讚這樣想的學生。

——但我絕不接受這樣的結局。

幽靈有什麼不好？畢竟她的的確確就在身邊，甚至還能交談說話，就這樣和幽靈在這個世界一起幸福過活，又有什麼不好？

由紀找到她的回答。

「我要想辦法讓她放棄願望。」

儘管由紀還不知道她的願望，但讓奈奈子打從心底放棄遺願，兩人就可以永遠開心地在一起了。

雨坂先生摸著尖細的下巴，然後用力點頭。

「妳的想法非常具美感，就登場人物來說無可挑剔。」

自己似乎被誇獎了，儘管只是像小孩一樣說些任性話。由紀歪著頭想。

「但小暮井同學，幽靈受到遺願束縛才會存在，如果放棄遺願，他們也會消失無蹤。」

再一次地，小暮井由紀閉上眼睛。

她已經隱隱約約預感到，這個故事一定沒什麼快樂結局。

我去拿個東西——雨坂丟下這句話就從由紀面前起身離開，腳步聲一路上了樓梯，隨後剩下雨聲和低微的古典樂風音樂。桌上的杯子空了，杯底剩薄薄一層大吉嶺紅茶，橘色調的紅褐茶液泛著淡淡光輝，呈現出溫暖的色澤。

由紀不由得一直盯著空杯。

「請問需要續杯嗎？」

由紀耳邊傳來詢問。抬頭一看，熟悉的服務生站在身旁。佐佐波等人似乎叫她仿作，但由紀不太清楚爲什麼她被這樣稱呼，畢竟不管怎麼看，她都是日本人。

「不用了，沒關係。」由紀輕輕地揮手婉謝。

「不用客氣哦，反正費用算到店長頭上。是說我們店的蛋糕也蠻好吃的。」

「但我現在沒心情吃甜點。」

「這樣嗎？」

她拉開椅子，坐在由紀對面。

「大家出乎意料地常常不知道自己想要什麼，疲累時更是如此。就算是不感興趣而吃進嘴裡的糖份，說不定可以滲透到全身，讓妳打起精神哦。」

因爲有點在意，由紀忍不住問，「工作不要緊嗎？」

「其實這也算工作，好好接待客人就是我的工作。」

然後她突然笑出來，那是宛如點亮聚光燈般開朗的笑容。

「剛剛只是場面話，其實下雨天的客人比較少，我閒閒沒事，高木先生又不肯陪我閒聊。」

「高木先生？」

「廚房還有一個人，他比較沉默寡言。」

這麼一說，這間咖啡店也提供熟食菜單。儘管店不大，依然需要廚房內場員工。

「蛋糕全都是高木先生做的。那個人擠鮮奶油的時候，嘴角總浮現滿意的微笑，他大概喜歡做蛋糕。這和店長很像，不過成品天差地遠。」

「佐佐波先生喜歡做蛋糕嗎？」

兩個月前拜訪徒然咖啡館時，他正圍著圍裙，一手拿著打蛋器。回想起來令人懷念。

「他就是一頭熱的外行人。我們可慘了，因爲雨坂先生完全不碰店長的作品，每次都是我和高木先生善後。」

那位偵探先生不太適合做蛋糕，但由紀更難想像他蛋糕做得很失敗，畢竟由紀以爲他做任何事都得心應手。

「那兩個人感情不好嗎？」

「你說店長和雨坂先生嗎？」

「是的。」

「很難說，雖然兩人時常爭論不休。」

仿作小姐用食指指向自己現在的位子。

「這是店長的指定席。」

「嗯，好像是。」

她接下來用食指比向背後。

「後面是雨坂先生的指定席。」

「嗯。」

「他們兩人常背對背而坐，整天完全不交談，但一定坐在彼此隔壁的位子。」彷作聳聳肩。「唔，兩人大概是這樣的關係。」

由紀好像有點明白。那兩個人雖然不像朋友，但待在一起時氣氛又自然無比。彷作小姐臉上換成別種含意的笑容，那是想到惡作劇點子的壞心眼笑容。

「妳一開始壓根不想和我閒聊，對吧？」

「咦？」

「一臉沮喪的人大抵如此，但聊聊天後，心情多少輕鬆一點吧？」她托著臉頰注視由紀。「人疲憊時就會搞不清楚自己要什麼。事後想起來，當時不想做或不想要的東西，其實也有不可或缺的時候，很令人意外吧。」

說不定就是這麼一回事。

彷作小姐攤開菜單。

「接下來輪到蛋糕登場，糖份不論對腦袋還是心情都很好哦。」

由紀不禁笑了。

「直銷蛋糕也是工作之一嗎？」

「當然，向客人銷售他們真正需要的東西正是我的工作。」

「了不起的工作。」

「是啊，讓客人開心，連帶還有薪水入帳。」她偏偏頭。「吃蛋糕嗎？還是要再享受一下和美麗服務生的女生聊天時間？」

剛剛算是女生聊天時間嗎？由紀默默吐槽。

算了，怎麼定義聊天根本無所謂。

「選蛋糕或聊天都沒差嗎？」

「是啊，我的時薪都不會變。」

「那我下次再來吃蛋糕好了。」

畢竟雨坂先生可能隨時會下樓。

「但可以請妳給我一點意見嗎？」

「當然沒問題。」

由紀深深吸進一口氣。試著思考奈奈子的事情，雨坂先生這麼提議過。但有一句話連想都不用想，始終盤據在由紀胸中。

「一位很重要的朋友告訴我：妳那時不應該相信我。」

正確的說法其實是：

——吶，由紀，妳果然不應該被我蒙在鼓裡。

這位朋友告訴由紀兩次：一次在信中，一次是昨晚看著由紀當面說。

仿作微笑，「好硬派的台詞。」

「她的個性挺硬派的。」

但就算這樣——

「我們明明是朋友啊？」

由紀受到仿作的笑容感染，微微勾起嘴角，但眼前馬上朦朧一片。

「既然是朋友，相信對方有什麼不好呢？」

毫不懷疑朋友，不是很好嗎？

「妳眞是好人呢。」仿作突然說。

由紀搖搖頭。「我認爲相信朋友是理所當然的想法。」

「所以才棒啊，如果不能慶賀理所當然的好事，生日蛋糕就沒賣出去的道裡了。」

這時樓梯傳來腳步聲。

「我告訴妳一件好消息。」仿作朝由紀探出身子，輕聲在她的耳邊低語。「店長和雨坂先生都只是小朋友而已，他們喜歡純粹善良的好人。如果像妳這樣自然而然就是個好人，接下來的事情一定會很順利。」

但由紀仍然不明白如何讓事情順利。奈奈子是幽靈，而幽靈受到遺願束縛著，且當遺願實現或放棄時幽靈就會消失，可是由紀希望和奈奈子一直在一起。

——到底該怎麼做，我才是「好人」呢？

由紀摸索不出答案的輪廓。

雨坂走下樓梯，一隻手拿著一本書。那是由紀十分熟悉的書。

他將視線投向仿作。「兩位正在談話嗎？」

「是啊，講關於雨坂先生和店長的悄悄話。」

「眞可怕，我暫時到二樓避難比較好。」

「請放心，悄悄話告一段落了。」仿作起身離席，標準地向雨坂先生行一禮。「我整理一下收據。請雨坂先生向店長傳達我理應加薪的完美表現。」

「我不說，那傢伙也心裡有數。」

仿作踏著步伐離去後，雨坂在由紀身邊站定。

「妳讀過書了嗎？」他伸出左手，遞出封面印著傍晚天空的書。

「是的，我和奈奈子讀過了。」

「感想如何？」

突然被問到感想，由紀不知如何回答。

「我覺得是不錯的故事，畢竟有好好圓滿地收場。」

「是啊，最後確實描繪出美好的結局。還有其他想法嗎？」

由紀「嗯……」地發出沉吟。

「奈奈子說這是很棒的戀愛故事。」

雨坂先生搖搖頭。「我想問妳的感想。」

由紀微微垂下視線。「雖然很像，但我認爲這不是戀愛故事，這本書在描寫戀愛以外的情感。」

「那是怎樣的感情？」

由紀無法好好回答出自己的想法。她以前就不擅長讀後心得。因爲她完全不想將讀完一本書的感想整理成短短三言兩語。

雨坂先生將書放在桌上。

「再點一杯紅茶吧。請喝著溫熱的飲料，重新細讀這本書，這是妳的下一幕。」

由紀望著那本書。

書的封面印著大片傍晚時分的天空。這不是火紅的夕照，而是顏色緩緩暈染滲透的藍色封面——由紀最初這麼猜想封面的樣貌，但事實上稍有不同。

傍晚天空的確佔據版面的大半部分，但下方依稀可見一所學校。由紀辨別得出木造校舍和操場，學校其中一扇窗戶亮著燈，裡頭映出小小人影。

由紀現在終於了解封面的含意。

她翻開書。

4

這本書翻譯自國外的兒童小說。漢字全注假名，但常出現對小孩而言偏難的用語。

作品舞台設置在二十年前歐洲某個小角落的村鎮，而故事發生在鎮上唯一的小學中。小說是第一人稱主角敘事，作爲敘事者的「我」是個平凡小學生，不太擅長運動，成績稍微比別人好，但兩者都沒優秀到值得一提。

我在鎮上小學過著平凡日子，某天突然出現一位轉學生。轉學生是非常開朗的少女，但她對運動和讀書都一竅不通。

不過她比誰都會彈琴。

> 我在傍晚時分聽見樂聲，而走廊四周都罩上一層薄暗面紗。
>
> 音樂教室流瀉出旋律，宛如歡唱般輕快在我身邊遊走行進。
>
> 我站在原地，無法邁進。因爲一走動老舊木建築的走廊就會吱嘎作響，我不想讓煞風景的聲響妨礙旋律的嘉年華。
>
> （第十四頁）

我從那天開始對她產生興趣。我們常常在音樂教室見面，關係愈來愈親密。一旦交談過，就會發現她其實很聰明：想法奔放自由，意見充滿機智，觀點非常具獨創性。不過因爲家庭因素，她在世界各地來去匆忙，對部分常識欠缺認識。

某一天，「我」聽到同學說她的壞話。那些都是不經大腦，各國小學生都會輕率脫口的壞話，但「我」深感難過。

「我」決定和音樂老師談談看。

「我」希望讓老師聽聽她的鋼琴演奏。

因爲如果要向同學傳達她的魅力，先攏絡老師比較有效率。

她彈奏出來的旋律不同凡響。

溫暖明快的樂音，宛如在玻璃杯中跳躍反射的光。

老師閉著雙眼，我期待他臉上出現微笑的那刻。

但老師的嘴角始終像一條左右拉緊的線，完全不曾鬆開。

最後的音節消溶在空氣中，演奏結束了。

她露出笑容。

「妳完全沒打好基礎。」

老師壓抑地說。

「但是天造之材。」

（第三十六頁）

那天起，少女在老師的指導下沒日沒夜地練琴。起初「我」覺得是件好事，但隨著時間流逝，「我」的心中懷抱著疑問，那是近似於嫉妒的情感。

對「我」而言，她被老師奪走了。

少女的彈琴技巧似乎逐漸進步——不，絕對進步了。我這麼想著。

她的旋律和唱片中演奏家的曲子相比也毫不遜色。我完全聽不出兩者差異。這是一件好事，她果然是一個天才，老師也是優秀的指導者。

但想想看，世上多少小孩因爲唱片中的古典樂而感動？大家的感想都是枯燥乏味，昏昏欲睡。當下，一度令我雀躍不已的旋律已從她的琴聲中消失無蹤。她奔放自由的樂音，如今失去原本色彩，雖然音準精確，但死板呆調。

（第四十九頁）

一放學，少女總是馬上直奔音樂教室。

教室中每每傳出老師的怒鳴，而「我」已經無法伸手打開那扇門。

某日，「我」出聲叫住一如往常準備前往音樂教室的少女。

「我說啊，偶爾請假休息一下如何？」

我提出建議時，內心異常緊張。

不知何時，和她面對面說話這件事讓我倍感壓力。

「我們像以前一樣，天南地北地聊聊天吧？」

她嘩啦嘩啦地翻閱手上一疊紙，然後搖搖頭。

「不好意思，我不能和班上的人講太多話。」

（第五十四頁）

那一疊紙是老師寫給她的「注意事項」。

最初僅寫關於音樂的事，但到後面，開始嚴格規範說話方式、日常生活習慣、不應太熱衷於其他興趣等事物。

最後一頁，則寫著這樣的話。

妳是天造之材，但不是天才。
想要成為天才，須捨棄其他事物。
（第五十五頁）

少女離開「我」，兩人的日常人生延伸向不同的道路。

日子過去，她愈來愈沒精神，臉色愈來愈糟，但「我」一籌莫展。

某天，少女終於在學校倒下，「我」帶少女到保健室。

我告訴她。

「妳太勉強自己了。」

她搖搖頭。

「我被大家認同的話，就能讓你開心吧？」

啊，我終於察覺到眼下誤入歧途的局面。

（第六十頁）

＊

「接下來怎麼了？」佐佐波出聲。

一如以往的速霸陸車內卻少了雨坂的身影。取而代之是在後座環臂抱胸的幽靈少女。

「很普通地圓滿收場了。」

「怎麼圓滿收場？」

「全靠少年主角努力的成果：他和老師對話，知曉老師的過去——就是那種司空見慣的『過去以鋼琴家爲目標卻遭遇挫折』的設定。」

他們開始談論傍晚天空封面的書的原因非常單純，因爲能讓星川奈奈子開口的話題就只有這個，她對自己的目的一概閉口不談。

佐佐波看著映在後照鏡中的她。她看向佐佐波，並在鏡中聳聳肩。

「還記得封面嗎？」

「當然，我可是在只有這個線索的情況下找那本書啊。」

傍晚天空的書封是整片逐漸變暗的蒼穹。

「那個封面就是故事高潮的場景。少年從少女那邊偷出老師的注意事項，她雖然知道少年就是犯人，但不供出他，因此被生氣的老師關進音樂教室作爲懲罰。」

「直到傍晚，對吧？」

「嗯，那段期間，少年成功說服老師。然後在天色昏暗的操場上，和老師一起一張一張地燒掉記載注意事項的紙張。少女遠遠地從音樂教室望著燃燒起來的紙張，像以前一樣用鋼琴演奏出自由的旋律。」

嗯，還算是恰當的收尾，佐佐波在心中頷首。

「少年怎麼說服老師的？」

「我記不太清楚了，很重要嗎？」

「視那一幕的寫法而定，故事給人的說服力也會大不相同。」

描寫小孩說服大人的場景非常困難。其實每個說服場景都很難寫，畢竟書中人物不會隨便改變想法。此時，星川奈奈子吐出一口氣。不需呼吸的幽靈也會嘆氣，這是改不掉的生前習慣。

「那種事怎樣都好。這是少年和少女的故事，大人只要乖乖被主角說服就好。」

「操之過急的小說無法成爲名作。」

「比起強迫讀滿滿說教內容的連篇廢話好得多了。」

佐佐波笑了。「妳挺適合當編輯的。」

「你難道不適合嗎？」

「誰知道。如果適合的話，我就不會當什麼咖啡店的店長了。」

出版界十分扭曲。

印了也賣不出去的書不計其數，僅靠少部分的暢銷書賺得利潤來塡補損失。換句話說，業界其實仰賴著少部分暢銷作家的力量得以苟活。

編輯也有類似的傾向。暢銷小說都會聚集到少數編輯手上，其他編輯盡接手賣不出去的作品，因此經常出現許多暢銷作品的編輯都相同的情況。不過佐佐波不是這種「能幹的編輯」，雨坂的書雖然賣得不錯，但並不熱銷。

「故事就在燃燒紙張的那幕結束嗎？」

「後面還有終章，靠著老師的指導，少女的確增強實力了吧？她在演奏會上得獎，出席演奏會的同學一起爲她鼓掌，老師也流下眼淚，少年和少女緊緊抱在一起。」

「那樣的確是圓滿結局。」

沒有任何不安和疑惑，雲散天青的結局。

「我已經好好解說完故事了。」

「是啊。」

「輪到你了。」

兩人之間的確這樣約定，輪流出示手中握有的情報。

「雨坂先生會妨礙我嗎？」

「很難說。」

「請好好回答我，不然是違規。」

「我眞的不知道啊。」佐佐波握著方向盤，稍微聳聳肩。「那傢伙還不知道妳準備的結局是什麼，我也不知道。說到底，一切都要視結局而定。如果他接受，他就不會出手；如果他無法認同，說什麼也會改寫故事吧。」

「那個人做得了什麼？他只是一個小說家。」

「就是對區區一個小說家有警戒，妳才會和我在一起，不是嗎？」

「至少——」

映在後照鏡上的幽靈放下盤起的雙手。

「兩個月前在圖書室發生的事在我意料外，我不喜歡事情不照預定進行。」

「我也是啊，如果事先已經排好預定。」

後座的幽靈低聲用「對了」起頭，「得確認一下你的預定才行。」

「嗯？」

「不管你是編輯、偵探，還是咖啡店店長，你到底在打什麼主意？」

「我們說好只能輪流問對方一個問題，不是嗎？」

「我知道，但我的問題還是同一個，你們既然是合作關係，問雨坂先生的事情就等於是問你的事情。」

佐佐波搖搖頭。

「沒這回事。」

「咦？」

「我們現在拆夥了。」

這是先前討論的結論。

「眞的？」

「眞的，我們總是意見不同。」

意見不同的話，勉強合作也毫無意義，只是憋死自己而已。所以這種時候永遠只有一個解決方法：兩人各自按自己的想法行動。

佐佐波轉過方向盤。「好了，差不多到妳的目的地了。」雨勢開始變弱，隔著緩慢滑動的雨刷，昨天見到的建築物逐漸出現在視線範圍內。

那是名叫內田的教師所居住的大樓。

5

時鐘的指針剛過下午四點。

由紀大約花一小時重讀傍晚天空的書，她闔上書並吐出一口氣，抬頭時發現閉著眼睛的雨坂先生。她猶豫一會就出聲叫他。

「我讀完了。」但雨坂先生毫無反應，甚至發出輕微鼾聲。眞是個嗜睡的人。由紀於是輕輕地點點他的肩膀。「喂——我讀完了哦——」

他稍嫌粗魯地揮開由紀的手後低聲嘟噥。

「浮世皆爲幻夢，夜夢方爲——」

後半段變爲含糊不清的囈語，由紀聽不清楚。至少也說一些簡單的夢話嘛，她不禁在內心吐槽。而當由紀不知所措的時候，雨坂先生終於緩緩抬起眼皮，揉揉眼睛。

「這裡是夢中呢？還是現實呢？」

面對摸不著頭緒的問題，由紀尋思著雨坂先生是不是睡迷糊地回應。

「這裡是現實。」

「爲什麼妳這麼肯定？」

「我這麼認定。」

「妳又有什麼權限這麼認定，難不成妳要說妳是神嗎？」

「不，我只是個沒睡昏頭的人。」

「原來如此，希望我早日向妳看齊。」

他的眼皮再次緩緩閉上，由紀連忙說道。

「我已經把書讀完了。」

「喔，說起來的確是這樣的故事發展呢。」

雨坂先生打完呵欠之後轉向由紀。

「感想如何？」

由紀歪歪頭。「我還是不認爲這是戀愛故事。」

「爲什麼？」

如果沒說中的話就糗大了，由紀這樣想著回答。「故事主角是男生吧？」作品中從頭到尾只以「我」來敘述，沒有任何表示性別的描寫。

第一次讀這本書的時候也是如此。

「直到奈奈子告訴我爲止，我一直以爲主角也是女孩子。大概是因爲這樣，我才認爲這不是戀愛故事。」

畢竟沒幾個小學男生會使用「我（註）」當第一人稱。

雨坂先生點頭。

「我和妳抱持相同意見，小說主角無法確定性別。雖然不知道是原作者還是譯者的意圖，不過看起來像是刻意避免特定性別的描寫。」

「爲什麼要這麼做？」

「目的很多種，但作者的意圖並不重要。」

雨坂先生豎起細長的手指。

「問題在於爲什麼星川同學斷定主角是男生。」

「爲什麼呢？」

「這是妳該思考的問題，想想她是以什麼視角閱讀這篇故事。」

他一定知道這個問題的答案，由紀如此堅信。

「請告訴我。」

註：原文為「私」，男女通用的第一人稱，近代多為女性使用。

「如果從我口中說出答案，她的故事就會崩壞。名偵探不能從第三者口中得知事件眞相，妳必須靠自己的雙手找出解答。」

「我又不是偵探。」

「但妳是主角，星川同學筆下故事的主角。」

盡是一些讓人摸不著頭緒的話。但由紀還是試著思考，爲什麼奈奈子堅信傍晚天空的書中主角是男生呢？

雨坂先生再次出聲。

「於是妳開始回溯妳的記憶。沒錯，妳回想起八年前的記憶。」

由紀注視著他，因爲她剛剛的念頭和雨坂先生說的一分不差。

「你怎麼知道？」

「顯而易見。事情不可能不照這樣發展，妳認爲她第一次讀這本書是在八年前。」

「難道不是嗎？」

「這就是祕密。」他闔上筆記型電腦起身。「好了，移動到下一幕。」

「主角性別的事就不管了？」

「請繼續思考，雖然妳應該無法得出答案。」

「我覺得自己剛剛好像被十分自然地當作笨蛋了。」

「沒這回事，只是妳手上的情報還不充分，所以不知道答案。」

這樣的話，繼續思考不也沒用嗎？由紀想歸想，還是選擇問其他問題。

「下一幕是什麼?」

「妳讀完書之後，應該想起某位人物，我們現在要去見那位人物。」

一股寒意爬上由紀的背脊，她吐出讀小說時不斷在腦內回想的名字。

「內田老師嗎?」

「正是。」

「爲什麼你知道我會想起老師的事?」雨坂先生應該對我和內田老師的事情一無所知，由紀難以置信地想。

他輕輕搖頭。「我不是預先知道，而是創作出來。我透過各式各樣的設定猜想怎麼一回事。」

由紀無法接受這個答案。經過邏輯推理就算了，單憑想像就百分百命中太難以令人接受。

雨坂先生繼續說。「妳說過吧?八年前，妳和星川同學商量某件煩惱。」

「是的。」

「那個煩惱與內田老師有關嗎?」

正是如此。由紀點頭，「可以的話，我不太想和老師見面。」由紀眞心對此抱有抗拒感，昨天一得知勇次父親是內田老師的當下就忍不住逃開。

雨坂露出溫柔的微笑。「路上再說說妳的理由。」

由紀在心中暗嘆一口氣。

看來逃不過這一關了。

＊

八年前的某天，由紀討厭起畫畫。

她之前熱衷於繪畫，每天都會畫圖。

級任導師會在放學後的教室教她，一開始僅有由紀一人，後來同學一一加入，變成簡單的班級活動。老師微胖又說話溫吞，完全稱不上帥氣。他連畫圖都不太高明，但他一邊學習繪圖方法，熱心指導學生。

由紀非常喜歡老師。

那位老師就叫做內田。

溫柔的內田老師在暑假也不厭其煩地到學校教畫，但暑假學生人數不如平常，大多時候都剩兩人在教室畫圖。

由紀記得很清楚。

兩人在教室併肩畫著風景畫。爲了方便看到窗外風景，他們還更動桌子的方向。敞開的窗戶外響起蟬聲，藍色塑膠洗筆杯中反射的陽光映在天花板上盪漾。由紀喜歡黃色顏料，很快就用完，所以經常向老師借顏料。

老師一坐上椅子，就會讓桌椅顯得很小。弓起背部、縮著身體的老師一小撇一小撇地在畫布上動著畫筆。傍晚時分，兩人習慣互相評論彼此的作品。

「老師的話，大概是陰影的表現方式有待加強吧。」每次像這樣用一副瞭然的口吻作出評論，老師就會笑起來，讓由紀非常開心。

秋天有小學繪畫比賽，如果趁暑假多練習，一定可以得獎。老師明明這樣說過。

一天，兩人一如往常地在教室畫圖。但剛過下午三點時，其他老師走進教室，而內田老師一臉慌張地離開。他再也沒回來，尚未完成的畫作擱置在他的座位上。

隔天由紀到校，老師還是不在。她去教職員室詢問，回應卻是單調的「內田老師會有一段時間不會來學校」。

第二學期開始時，由紀有些不悅。

繪畫比賽迫在眉梢，練習得不夠就無法得獎。但老師對由紀十分冷淡，就算留在教室畫圖，也只會說「快點回家」。約兩週後，由紀在放學後鍥而不捨地和待在教室的老師搭話，希望老師仔細指導自己畫圖技巧。

「別再畫了。」內田老師說。「除非必要，也不要找我說話。」

教室內別無他人。由紀眼中，內田老師判若兩人，他聲音冷酷，眼神十分陰冷。

爲什麼？由紀追問理由地逼近老師。老師卻用力推開她的肩膀，由紀撞上桌子，發出巨大聲響。

「給我乖乖聽話！」

他從外套口袋中掏出薄薄的信封。

「妳知道這是什麼嗎？」

由紀答不出來，呆然注視神情駭人的老師，拼命忍住眼眶的淚水。

她搖搖頭，內田老師說道：

「這是辭呈，我要辭職了。」

由紀當然知道那是什麼。最近看的電影中出現老師遞出辭呈的畫面。但那是老師為了學生與邪惡的大人對抗，一幕非常撼動人心的場景。但現在由紀無法從這個情境感受到感動，因爲老師好恐怖。

「我不想看到妳，每天早上都到教室來也讓人厭煩。當我求妳，別再接近我了。」

之後，由紀不再和內田老師說話，上課也盡量不發言。待在教室時，空氣總滿溢著緊張感，令人坐立難安。由紀畏懼內田老師，一直提心吊膽。但隨著學年不同，導師也換了人。小學畢業後，兩人連彼此的臉都見不到了。

由紀花一段時間才慢慢接受這個結果。

——內田老師認為，我是很煩人的學生。

想也知道，老師也不過是盡自己的工作責任。放學後被學生留下，暑假也來學校陪學生，他不可能不覺得麻煩。內田老師那天到達忍耐極限，這一切都無可奈何。

由紀這樣說服自己，胸口還是隱隱作痛。

小暮井由紀從八年前的某天開始，無法面對繪畫、辭呈和內田老師。

*

八年後，由紀終於發現自己誤解老師。

她對雨坂先生說明當時的事情，終於大驚失色地意識到自己的盲點。

「暑假那一天……」

八年前，內田老師突然離席的日子。

「就是勇次和勇次媽媽過世的日子吧？」

爲什麼自己昨天沒有立刻想到呢？明明知道男孩在八年前的八月去世，而且他的爸爸就是內田老師，她應該當下想通才對。

「兩人是在我佔用老師的時間過世吧？」

所以內田老師才那麼憤怒。

這時，雨停了。

他們走下被雨淋濕的北野坂坡道。到大馬路時，雨坂先生停下腳步。

「妳最好和他見上一面。」

「嗯。」

「然後給他一個機會向妳道歉。」

由紀不懂雨坂先生的意思。難道不是自己應該道歉嗎？

「誰都知道妳沒犯錯，他應該也非常想和妳道歉。如果妳還相信老師就會明白他這份心情。」

雨坂先生可能是對的，但由紀無法認同，眉間情不自禁疊起皺紋。

大概是注意到由紀的表情，雨坂先生放棄似地笑了。

「妳看，我果然還是不要說太多比較好。」

由紀連忙搖頭。「沒這回事，雨坂先生的話非常有參考價値，謝謝。」

「這也不見得是好事。」雨坂先生向計程車舉起一隻手。「人應該先以自己的心情和感受爲重，我明明知道，卻還是說得太多。」

計程車在眼前停下，車門緩緩打開。

6

「眞是的，你們到底在做什麼啊？」

佐佐波正在名爲內田的教師住的公寓大樓前，速霸陸停在有點遠的投幣式停車場。當他一手扶著被雨淋濕的自動販賣機，眺望從雲間探出頭的藍天時，手機響了。

來電者是工藤。

「稿子的進度到底如何了？現在在寫的到底是什麼小說？我連下篇完成的小說是長篇還是短篇都不知道，沒人告訴我任何事，到底要我怎麼工作？」

關我什麼事！佐佐波雖然想吼回去，但他實在沒心情和她吵架。吵贏也沒任何好處，更別說他根本吵不贏工藤。

「那種事情的話，妳去向雨坂抱怨啊，爲什麼來找我？」

「因爲有人叫我聯絡前輩。」

「誰說的？」

「當然是朽木老師。」

眞是的，什麼整人手法啊。佐佐波須盯著著星川奈奈子，雖然她正在稍遠處沉默地望著道路另一端，但不知道她何時會出亂子，佐佐波盡可能不將注意力從她身上轉開。

佐佐波尋思著掛斷電話的時機時，工藤說：

「昨晚朽木老師傳簡訊拜託我調查一些東西，要我把結果告知前輩。」

「那妳就乖乖照辦了？」

「當然啦。」

「妳太縱容雨坂了。」

「沒有女性編輯可以對那個人板起臉的。」

竟然爽快承認，佐佐波在內心默默吐槽。

算了，現在不是和後輩快樂閒聊的時候。

「我來聽聽調查結果。妳調查了什麼？」

「關於八年前過世的某位少年。朽木老師說什麼都好，希望盡可能查到愈多資訊。」

「星川唯斗嗎？」

說出這個名字時，幽靈瞥他們一眼。她視線十分銳利，顯然關注著佐佐波的談話。

「沒錯，前輩知道這個名字嗎？」

「多多少少啦，然後？」

「沒查到多少情報。他在九月二十八日深夜過世，雖然是住院病患，但當晚好像偷偷溜出醫院。」

佐佐波已經知道這件事了。

「他的病情相當嚴重，半路病發就過世了。關於他病情的詳細資料，我再用簡訊傳過去。」

「妳幫大忙了。還有其他資訊嗎？」

「有兩點我稍微在意的事。」

「請告訴我。」

短短一瞬，工藤沉默了，她突然小聲笑起來。

「前輩挺認眞的嘛。」

「我一直都很認眞啊。妳在意的事情是什麼？」

「第一點是唯斗過世的地點。因爲在小學附近，我當初還以爲他想去學校。」

「難道不是嗎？」

「從醫院前往小學並不會經過那條路，但也不是回家的方向，他到底打算到哪裡？」

「妳知道正確地點嗎？」

「請稍等一下。」

佐佐波隔著電話聽到翻找備忘錄的聲響。工藤給了他三個漢字組成的常見名字。唯斗過世的地點在附近大樓，距離這裡一百公尺。

「第二點呢？」

「他幾乎什麼東西都沒帶。」

「他是小學生又是住院病患，這沒什麼好奇怪。」

「沒錯，但有一件東西，唯斗即使過世也緊緊握在手上。」

「那是什麼？」

「火柴盒。」

火柴盒？佐佐波直覺地對這個詞彙感到異常。偷溜出醫院的少年竟然拿著火柴盒，這件事本來就不自然。佐佐波一度這麼告訴自己，但隨即搖頭否定想法：不對，這個異常來自完全不同的理由。

星川唯斗握著火柴盒偷溜出醫院，而他讀過封面是傍晚天空的書。這部作品的高潮發生在燒掉老師「注意事項」的那一幕。雖然不實際讀原文就無法確認，但應該是用火柴之類的東西點燃火苗。

此外，圖書室的星川奈奈子一直在找這本書，而她靠發出火焰來引發靈異現象。關鍵字是「燃燒」。

這三點清晰串在一起。

——雨坂。

佐佐波在胸中對他低語。

——你何時起注意到這個故事？

他不可能知道星川唯斗握著火柴盒，不然他不會特地請工藤調查。即使如此，他還是察覺到這件事，可能還對此確信無疑。否則他不會要求工藤轉告佐佐波。這項情報對雨坂無關緊要，因爲他早將這件事情寫進他的故事情節。

「完畢。」

工藤結尾。

「謝謝，那就再聯絡了。」

佐佐波正打算掛電話，但工藤阻止他。

「請等一下，結果朽木老師到底要寫什麼小說？原稿什麼時候完成？」

我怎麼會知道？佐佐波在內心抱怨。完成小說前，他向來不知雨坂的小說內容。

他只能說一件事。

「那不是隨隨便便完成的稿子，這是爲了寫『指尖』的續集而蒐集的資料。」

指尖——《視覺陷阱的指尖》。這是雨坂續的出道作，他自己曾公開宣布會繼續創作續集，因此他的死忠書迷個個引頸期盼續集發售。

「終於要動筆了嗎？」工藤叫出聲。

「當然啦，那是那傢伙唯一親口宣布繼續寫的作品啊。」
「什麼時候才看得到作品呢？」
「還久得很，現在還在蒐集資料的階段。」
雨坂和佐佐波爲這部作品耗費漫長時間蒐集資料。他們爲此開設偵探舍，偶爾還和幽靈打交道，付出的心力與銷售額相比起來完全不划算。
「視覺陷阱的指尖到底指什麼？」
視覺陷阱的指尖——那是作品的標題，也是作品主題的關鍵字。但所指爲何，故事並未具體寫出來。
「我也不懂。」
雨坂也還沒完全搞清楚。
「不過手指似乎是紫色的。」
佐佐波掛斷電話。
伏筆就此遭受放置，答案沒有任何人知曉。
佐佐波注意到時，幽靈就站在他的身邊。
「剛才是誰？你們在談什麼？」她這麼問道。
「沒什麼，工作的事。」
「騙人，你們剛剛在講哥哥的事吧。」

佐佐波走到自動販賣機前拿出皮夾。和工藤說話，他喉嚨都乾了。

「我以前的同事告訴我：妳哥哥握著火柴盒過世。」

他按下罐裝咖啡的按鍵。明明喝咖啡喝到膩了，卻還是不小心選這個。

「他爲什麼會拿著火柴盒？」

「我不知道。但妳能夠隨心所欲發出火焰。」

「是這樣沒錯。」

「妳哥哥想要燒掉什麼？妳又想要燒掉什麼？」佐佐波蹲下來取出罐裝咖啡。「我們約好互相回答一個問題，對吧？輪到妳了。」

幽靈沉默一會。

佐佐波拉開拉環，罐裝咖啡湊近嘴邊。雖然是當編輯時每天都喝的牌子，但現在喝起來不怎麼順口，他大概被「徒然咖啡館」符合自己喜好的特調咖啡寵壞了。這與其說是進化，更接近退化，佐佐波思索。

幽靈終於回答。

「我不知道。」

「妳不知道？」

「我問雨坂先生的事情時，你也這麼回答，我這樣回答應該不算違規。」

「說謊違反規則。」

「但這不是謊言。」

佐佐波望向幽靈。

星川奈奈子——忽視她過世這點外，她只是普通高中生。但佐佐波無法從她的表情讀出任何東西，他一向讀得出女人的表情。

「妳搞不清楚理由就有操縱火焰的能力？」

靈異現象與幽靈的遺願關聯緊密，而遺願就是幽靈的願望。不知道靈異現象代表的意義，等同不知道自己的願望。

「我也想找出哥哥想燒的東西。待在那間圖書室時，我一半以爲燒掉借閱卡就好。」

「那另一半是什麼？」

「我內心隱隱帶著一絲違和感，一半想著說不定其實不是這樣，我到現在還是不知道哥哥想燒什麼。」幽靈的視線飄向街道對面。「但由紀不知道哥哥爲何過世，連哥哥的存在都不知道。你不覺得這非常殘忍嗎？」

「但是」是轉折語氣的用詞，而幽靈說起「我不知道，但——」

「妳的遺願是對小暮井由紀復仇嗎？」

幽靈笑了。「是輪流一個問題吧？」

「嗯，妳說得對。」

「不過，我就告訴你。」

幽靈臉上掛著微笑，直直看著佐佐波。

「如你所說，我無法原諒她。毫不知情這些事，她這樣比任何人都還要殘酷。」

佐佐波也笑了。「答案大放送啊。」

「相對地，我想拜託你一件事。能幫我打電話約她出來嗎？」

「到這裡？」

「嗯。」

「如果我不在，妳打算怎麼辦？」

「最理想狀況是她自己來。更何況我有的是時間，等下去也無所謂，不過打電話叫過來比較有效率。」

佐佐波搖搖頭。「沒那個必要。」

「為什麼？」

「如果這段情節對整個故事很重要，她就會到這裡。」

雨坂在她身邊，而那傢伙不會搞錯故事發展。

「妳看，有台計程車開過來了。」

雖然還看不清車內的模樣，但上面一定載著那兩人。

星川奈奈子難得露出慌亂的表情。

「我們快躲起來。」幽靈似乎盡可能不想被少女發現。

「就照妳的話做吧。」佐佐波也沒有和雨坂見面的打算。

他現在對雨坂無話可說。

7

雨坂先生又進入夢鄉了，他一有空檔就睡覺。

他的睡臉像小孩，又有點像不悅的貓。如果說佐佐波先生是狗，那雨坂先生就是貓了。由紀這麼想著，沉重的心情也因爲這個可愛的聯想而輕鬆一點。

計程車在內田老師的公寓大樓前停下，由紀必須要面對擱置八年的往事。「我們到了。」由紀稍微用力地搖醒雨坂先生，然後下計程車。她仰頭看公寓大樓，雖然雨已經停了，但天空中還是有不少雲。她轉頭詢問站在身後的雨坂先生。

「請問計程車費怎麼算？」

他夾雜著呵欠回應。

「這樣一講，我剛剛忘記拿收據了。原本還打算把費用推給社長。」

「我來出好了，請問多少錢？」

雨坂先生只是隨行，他出計程車費太奇怪了，由紀想。

雨坂先生搖搖頭。「這不適合現在這個場景，妳應該還有更需考慮的事情。」

「正因如此，我才希望先處理好以外的事情。」

敲敲額際後，雨坂先生算出計程車費。

幸好數字不高，由紀暗暗鬆一口氣地從錢包拿出剛好的金額交給他。

「金額剛好，我們出發吧。」

雨坂先生邁開步伐走向公寓大樓，由紀跟在他身後。兩人和昨天一樣踏進大廳，按下電梯按鍵。內田老師在家嗎？今天是星期天，他應該不在學校，但會不會出門了？

由紀內心某處仍期待著老師不在家。這種心情實在太可恥了。不論年齡，人一定都有不可逃避的事：高中生有，八年前還是小學生的她一定也有。

電梯門開了。雨坂按下三樓，由紀跟在後面踏進電梯。電梯門穩定緩慢地關上。

「我這八年來都抱著誤解。」

「等情緒冷靜下來的這段時間是必須的。」

「但八年也太長了。」

「沒那回事。」

雨坂聳聳肩，動作和那位偵探先生非常相似。

「感情並非會隨著時鐘指針變動。就我的角度來看，今天是最適合的日子。」

「爲什麼？」

「想一想就明白了。」

那就試著想想看，由紀現在非常坦率地思考著。

電梯到達樓層了，雨坂先生按下「開門」的按鍵。

由紀在雨坂前踏出電梯。搭電梯時都是後進電梯的人先出電梯。但這個人一直在負責描寫故事場景，因此沒有踏出電梯，任憑電梯門緩緩閉上。他大概就送自己到這裡爲止了。由紀遵照他的描寫，筆直走往走廊。她知道內田老師住三〇六室，那在走廊的盡頭。由紀停下腳步。簡直像拜訪教職員辦公室，她輕輕吸一口氣敲敲門。門後傳來聲響，而由紀筆直看著前方。

門終於打開了。

「我是四年二班的小暮井。」

由紀報上名字。老師睜大眼睛，然後一臉疲累地笑了。

老師顯然不知如何是好，由紀也完全不知道怎麼辦。

「突然來訪很不好意思，我應該事先聯絡老師，但不知道老師的電話……」由紀彷彿在找藉口似地說得很急促。「老師還記得我嗎？我八年前受過老師指導。」

「當然記得，我還想見妳一面。」他轉頭看房間，再看向由紀。「附近有座小公園。」

內田老師看上去既不像當年溫柔的老師，也不像令人生懼的老師。睽違八年不見，他和小暮井由紀一樣，只是帶著疑慮的凡人。

長椅還是濕的。

內田老師仰望天空，由紀情不自禁地看同一個方向。雲層太矮，天空好低，兩者的相對位置變得十分曖昧，由紀感到自己被淡淡的暈眩籠罩。小學生由紀和高中生由紀並存於此，兩人同樣抱著恐怖、悲傷以及其他情感。但要比較的話，兩邊又有些微不同。

雲朵流向天空的遠處。

「我今天想和老師談八年前的事情。」由紀說道。

「哪件事呢？」內田老師回問。

「我想從暑假的事情講起。」

「我丟下妳的那一天？」

「是我逕自對老師耍任性的那段期間。」

老師將視線從天空移到由紀身上。「我作爲一名教師，或是作爲一個大人，都不知道該對妳說什麼才適當。但我只是想爲了八年前的事情向妳道歉，眞的很對不起妳。」

老師深深低下頭。由紀輕閉眼睛，靜靜吸進一口氣。

七月空氣十分暖和，她的耳中聽不見絲毫雜音。由紀睜開眼後開口說道。

「我知道老師的太太和孩子那天過世了。」

老師抬起頭。

「嗯，我想也是這樣。」他吁出一口氣。「妳現在是高中三年級？」

「是的。」

「還算是孩子。」

「一定是的。」

「但與我認識的妳相比，更像大人了。」

老師露出傷腦筋的笑容。由紀用比八年前小的角度仰頭看他。

「不論我是大人還是小孩，請老師告訴我那天的經過。」

「告訴妳才是正確的吧。」他緩緩道來。「我的妻子原本就體弱多病，那天她從早上就身體不適，我想陪她去醫院，但被她說是過度擔心。我告訴她採買交給我，要她不要出門，就出門去學校了。」

「因爲要教我畫圖。」

「有點不對。」老師垂下視線。「我很久以前就想當小學老師。我小時候其實不太喜歡學校，但後來我遇上一位很棒的老師，當時和妳一樣是四年級。」

雲層平穩飄動，由紀覺得那就是黃昏迫近的速度。

「我認爲內田老師也是很棒的老師。」

「因爲我刻意表現成妳們眼中的那個樣子。」老師笑了。「我拚死僞裝，連自己都被騙了。我如果眞的是很棒的老師就好了，如果不論何時都能把學生擺在第一位就好了，但都是裝出來的。家人過世後，我注意到自己多麼虛僞。」

太陽被雲層遮住，世界稍微暗下。

「比起妳，我更愛妻子和兒子。我牽怒自己的學生，想著沒有妳就好了。」

由紀搖搖頭。「老師沒有錯，我完全沒考慮到老師的苦衷。」如果沒有由紀——老師說不定就會陪太太去醫院，起碼師母就不會帶著勇次到商店街了。

「但我唯獨不該把這件事怪到妳身上。」

由紀注意到老師的聲音隱約顫抖。大人也會哭泣，即使他們沒有流下眼淚——由紀如果在八年前知道這個道理就好了。

「我還記得妻子那天早上的話。她說，她喜歡被學生們喜歡的我，我應該貫徹那樣的自己。我明知這點，但沒辦法好好做到。」

由紀不知道該對老師說什麼話。她打從心底希望和老師道歉，八年前那個自私的自己錯了，八年前的自己毫不考慮老師的苦衷，一味依賴老師，然後感到害怕。

但這一定不是正確的選項。這時不能道歉，由紀這麼覺得。

雖然不清楚理由，不過老師是大人，我是小孩；老師是教師，我是學生，若向老師道歉，老師會更受傷。由紀模模糊糊地抱著這樣的念頭。

雲朵再度變幻，世界綻出明亮，陽光聚成一束照在離兩人有點距離之處。

「妳在今天來眞是太好了，我剛好在想妳的事情。」

「爲什麼是今天？」

對由紀來說，事情都過八年，今天已經太遲。

老師不太好意思地咧嘴笑了。「我昨天和兒子重逢了，雖然這種事不可能發生，但不知爲何我對此深信不疑——我昨天和勇次重逢了。」

啊，原來如此，所以才是今天。

勇次昨天回到這棟公寓，所以雨坂先生說今天最合適。想一想就知道了，自己多麼遲鈍啊，由紀想，自己一定還有更多更多需要思考的事情。

由紀搖搖頭。

「我認爲勇次眞的回來了。」

迷路的他終於到家了。由紀清楚知道這件事。

「我最近見到了幽靈。老師還記得小學時，一直住院的星川同學嗎？」

由紀想和老師談談變成幽靈的友人。這樣一來，老師說不定就能相信勇次回家了。她認爲這比較好，雖然絕對算不上是快樂結局，但總比懷疑昨日的眞實性好。

然而老師的表情暗下來。

「嗯，妳那時和他感情很好呢。」

他？

「奈奈子是女生啊。」

老師困惑地眨兩下眼睛。「是……這樣嗎？我記得是男生才對。」

「是女生沒錯，我和她國中的時候同班過不少次。」

老師偏偏頭。「妳到底在說誰的事情？」

誰？這種事情根本不用說。

「就星川奈奈子啊，小學四年級的時候，我有兩個星期天天上圖書室。」

就是那個要動手術而立刻搬家的少女。

「我知道的星川同學八年前就過世了，妳國中不可能跟他同班。」

由紀一片混亂，老師到底在說什麼？老師到底在說誰的事情？

「不會錯的，我也出席了葬禮。因爲家人的意思，他們沒公開葬禮的消息。不過有些他不太正面的傳聞至今還在學校流傳。」

「傳聞？」

「嗯，關於減號班的幽靈。但沒什麼，只是常見的故事。」

她八年前就過世了？

「那是……不可能的。」

由紀按著額頭緊閉雙眼。

「因爲我去年出席了小星的葬禮啊。」

兩人聊十五分鐘左右後返回公寓，由紀希望爲老師的家人上柱香。他房中雜物不多，廚房雖然堆著換洗衣物，但沒其他雜亂跡象。牆壁正中央設置了宛如房間主人身型般的巨大佛堂，佛堂上供著一本書——《視覺陷阱的指尖》，那是雨坂先生的書。

「我妻子身體虛弱。」

內田老師開口。

「我們剛認識的時候，她老是在看書。」

由紀在佛堂前雙手合十，閉上雙眼。她想不出話語，僅在心底一再重複「對不起」。睜開眼皮時，將頭探進衣櫃的內田老師正好取出一本素描簿。由紀對那本素描簿有印象。

那是她八年前的素描簿。

「妳把這個留在教室了吧？」

由紀點頭。八年前，她把素描簿丟進教室的置物櫃中束之高閣，升五年級時也還是棄置不理，她當時完全不想再接觸和繪畫有關的事物。

如今，由紀接過素描簿翻開，圖都畫得很糟。但至今她也沒自信畫出比這更好的畫。

「妳現在還在畫嗎？」

聽到老師的問題，由紀點頭。「嗯，偶爾。」

她說謊了，她從八年前那天就無法面對繪畫。

「太好了，我始終記掛著這件事。妳畢業的那天，我帶著這本素描簿去學校，但還是沒機會交給妳。」

我眞卑劣，由紀想。畢業典禮那天，她因爲見不到內田老師而鬆一口氣。

老師探頭瀏覽素描簿。「我雖然不太懂繪畫，不過我覺得妳有這方面的才能。妳很擅長使用明亮的色彩。」

由紀露出苦笑。「我動不動就想用黃色顏料，因爲黃色是我喜歡的顏色。」

「但妳看，這朵向日葵就畫得很好啊。」

「眞是一幅單純的畫，對吧？」

她那時就著學校花圃角落的盆栽一筆一劃地描繪著。這幅畫很單純，僅僅在單純描繪鮮黃明亮的向日葵。

「畫圖也不是畫得複雜就好，像香蕉就是直接吃才好吃。」

「香蕉？」

「這裡面應該還有香蕉的靜物畫。」

由紀吃吃地笑出聲，自己眞的老是畫黃色的東西。她闔上素描簿。

「今天謝謝老師。」

「我才要謝謝妳，能和妳談談眞是太好了。」

「我就先告辭了。」

由紀深深低下頭——其實還有想和老師聊的事。但自己滿腦子都是奈奈子。

由紀穿上玄關的鞋子時，老師開口：

「星川同學的事情，我來幫忙調查一下吧？」

由紀搖搖頭。「沒關係，我認識清楚這件事的人。」

而且很多事須自己想清楚才行，仔細想想就可以瞭解的事情一定很多。八年以來未曾察覺的種種問題，由紀現在必須認眞面對。

下到一樓走過大廳，她就看到雨坂先生。

由紀不認爲須爲眼前的人多說明。「我稍微了解了。」

奈奈子的話，由紀終於稍微理解了。

星川奈奈子一直在說謊。她從兩人重逢到自己過世爲止都在說謊。她假裝自己是由紀在小學圖書室相遇的「小星」。

僅管她這麼說過。

——吶，由紀，妳果然不應該被我蒙在鼓裡。

自己不應該將星川奈奈子和「小星」當成同一個人。

「雨坂先生，你知道小星的名字嗎？」

他點點頭。「星川唯斗，星川同學的雙胞胎哥哥。」

雨坂先生何時知道的？由紀雖然想問，但這不是重點，她還有其他須思考的事情。

「我想和奈奈子見一面。」

「嗯，那正是故事的下一幕。」

他遞出手機，上面顯示著一則簡訊。

「這是星川同學的訊息：下午七點到圖書室一趟。」

還有兩小時左右。

七月的下午七點剛好是傍晚時分。

8

開車沿著車站北側錯綜複雜的街道往北前進，接下來開始逐步變成山路。平常雖然沒什麼感覺，但一看地圖就會發現，這一帶其實是一塊被南邊大海和北邊山脈夾在中間的平地，形狀屬於東西向的狹長街道。眼見道路坡度逐漸變陡，佐佐波踏下油門。這台頗有年代的速霸陸實在說不上馬力十足。

「我們是要上哪去？」

「等會就到了，繼續往前開。」

「起碼告訴我目的地是哪裡。」

「真囉嗦吔，我這樣自己飛過去也可以啊。」

幽靈約二十分鐘前下達開車指示。之前，她待在公園監視小暮井和內田兩人。

「不是要去小學的圖書室嗎？」

不久前，佐佐波才在幽靈的指示下發簡訊給雨坂。

「當然要去，等太陽快下山的時候。不過之前有非做不可的事情。」

「要做什麼？」

「我要做什麼都無所謂吧，反正你馬上就知道了。」

車子開上蜿蜒曲折的山路，路上沒看到任何對向車輛，附近也沒什麼人路過。低垂的樹蔭透不出色彩，讓人感受到黃昏時分的昏暗。抬頭仰望天空時也看不分明，但在陰影處，光線矇矓晦暗。

幽靈坐在後座，隱隱帶著不悅的神情，她看著窗外向後流逝的景色。

「她到底察覺到什麼地步了呢？」

「我怎麼知道？」

「我知道你不知道，我在自言自語。」

「這樣。」

佐佐波切過方向盤，車子轉過彎後，左手邊登時一片豁然開朗。雖然這種想法很老套，但若從高處俯瞰街道，變小的街道就像玩具。宛如玩具的街道上，奔馳著宛如玩具的車輛，還有像是玩具的人們漫步其中。

如果從更高處俯瞰，佐佐波等人也像玩具一樣。但人無法從更高的地方俯瞰自己，這就是世界的規則。人們只能面對自身，只有幽靈例外。佐佐波遇過不少看過自己屍體的幽靈。對他們來說，自己大概就像玩具。

「停車。」

幽靈開口。佐佐波緩緩踩下煞車，速霸陸挨近路肩。

「妳有事要在這種地方處理？」

「嗯，這裡就好。」

「這地方什麼都沒啊。」

「你在看哪裡啊？這有道路也有樹，什麼都沒有的地方不存在。」

下車吧，被幽靈這樣催促的佐佐波踏出速霸陸，然後爲幽靈打開後車門。他雖然不瞭解幽靈的心情，但他覺得每次都要穿過車門，應該不是多愉快的感受。

「謝謝。」她難得坦率地微笑。「我希望你再幫我傳一封簡訊。」

聽到幽靈這麼說，佐佐波從口袋掏出手機。上頭顯示著新訊息的標記。他因爲設成靜音模式，所以沒注意到。

「誰傳來的？」

幽靈微微飄起，探頭看佐佐波的手機。

「是雨坂。」

「快點開。」

「偷看別人簡訊不太好。」

「隱私和幽靈可沒關係，畢竟幽靈就算待在房間角落，也不見得被人注意到。」

佐佐波聳聳肩點開簡訊。內容十分簡潔。

——辛苦了。傍晚前，我們來進行最後的討論吧，我在圖書室等你。

佐佐波彎起嘴角，看來雨坂的故事已經成形了。

「你要去嗎？」幽靈問道。

「當然啦。」佐佐波回答，他一直在等雨坂聯絡。

「不是拆夥了嗎？」

「不一樣，正確說法是曾經拆夥，我們先前各自在做自己想做的事。」

直到剛剛的瞬間，雨坂和佐佐波的行動毫無瓜葛，佐佐波也沒必要和雨坂碰面。不過對方主動聯絡自己，事情就不同了。

沒有編輯在收到作家的通知後，不會前往赴約的。

「作家和編輯意見分歧是常有的事，這時兩邊只能分別做自己的工作，而編輯只能夠相信作家會好好完成故事。」

「我完全搞不懂你。」

「其實很簡單。」佐佐波笑了。「既然我和那傢伙意見分歧，那我就不多想了，反正我知道那傢伙遲早會構思好故事聯絡我。那刻到來前，他不需要編輯的，我只要閒晃到他聯絡我爲止就好。」

將故事情節交給小說家，編輯成爲一名不干涉故事的登場人物。

「那算什麼，這是信賴？」

「簡單來講是這樣沒錯。」

「雨坂先生是那麼厲害的小說家嗎？」

「我不是相信他。」

打從在出版社工作開始，佐佐波只相信一件事。

「我相信我自己，有好編輯的小說家毫無疑問會寫出優秀的作品。」

如果不相信這件事，佐佐波根本沒辦法繼續當編輯。

幽靈望著佐佐波好一會。

「我還是不太懂。」她看向手機。「算了。我剛才拜託你幫我傳一封簡訊，對吧？」

「是啊。」

「那是騙人的。」

話響起的同時，佐佐波的手上燒起來。他不禁鬆手摔下手機，機器落到柏油路發出撞擊聲，然後逐漸燒得扭曲融化。過一會，燃燒的臭味飄至佐佐波的鼻前。

「來這裡的理由很簡單，因爲你太礙眼了，我想在傍晚前先處理掉你。」

幽靈將視線轉向速霸陸。輪胎上亮起火苗，冒出不管怎麼看都對環境有害的黑煙。火雖然馬上就熄了，但燒出一個洞的輪胎支撐不住車子重量，扁扁地塌下去。

佐佐波聳聳肩。

「輪胎挺貴的。」

「我才不管。」幽靈望著佐佐波，然後綻放出微笑。「下山應該要花不少時間，這樣你就無法討論情節了。」

拜拜。飄在空中的幽靈留下這句話就飛上逐漸西下的雨後蒼穹，逐漸往街道遠去。

間章
描寫不在人世的少年心理

那是八年前的事。

必須有人去點火——哥哥這麼說。他拿著星川奈奈子的火柴盒，愉快地微笑。

「必須有人去點火。」

點火燒什麼？奈奈子問。

「燒其實根本沒必要存在的東西。」

奈奈子現在終於理解哥哥的話。

哥哥讀過那本書後這麼想：在故事中，少女被老師寫的注意事項所束縛，因此主角決心點火燒掉老師寫的紙張。和這個故事一樣，哥哥也打算點火燒某樣東西，所以半夜溜出醫院，結果在中途發病去世了。大人如果知道理由，一定覺得很可笑。哥哥非常清楚自己的身體有多少毛病。奈奈子認爲，哥哥賭上性命爲少女放火，然後完全失敗。

「我和她約好要再見面。」哥哥不知說過幾次。「這是和好不容易交到的朋友約定。無法完成這個約定，我覺得很難過。」

當時奈奈子還不知道。哥哥手術的成功機率非常低。

哥哥理應不曾從他人口中聽過手術機率這件事，父母也不會說，但他察覺自己不久於人世的事實。

這不奇怪。

奈奈子也一樣，儘管沒人告訴她任何事，她卻清楚感受到自己的死期。最後一個月，她就像孰悉自己的手腳一樣正確意識到死亡降臨。

「沒問題的，哥哥。」

那時還不知道哥哥餘命不多，奈奈子這麼說。

「約定一定能夠實現。」

哥哥過世後，她在腦內一再反芻自己的話。

奈奈子和小暮井由紀進同一所國中，她要在由紀面前化身成圖書室的「小星」。因爲由紀太過老實又少根筋，這沒預想中的難。之後四年，奈奈子一直是由紀的「小星」。她最初覺得這樣就好，知道眞相的人只有自己就好。

可是，由紀不只一次提起在圖書室度過的兩個星期。

「說得誇張一點，我被救贖了。」她說。「被最喜歡的老師討厭，我眞的很沮喪。但和小星相遇，我才覺得去學校不再痛苦。」

每次聽她這麼講，奈奈子都感到一股異常。就像薄薄的底片重疊，化成更深的顏色，她心中的疑問日漸增長。

——如果是那麼重要的回憶，爲什麼還會搞錯？

在那間圖書室的並不是奈奈子。

成爲由紀救贖並和她立下約定，甚至賭上性命保護她的，全都是哥哥啊！

奈奈子在自己壽命即將走到盡頭前，寫了一封信給由紀。

她首先條列出印象深刻的事情，一點一點地回想過往點點滴滴，加上從哥哥聽來的圖書室時光。自己到底爲什麼寫這封信，奈奈子也不是很清楚。但寫在信件上的事情愈多，她對由紀抱有的異樣感逐步化爲強烈的情緒。

她知道那份情感的名字——那是憤怒。

——啊，果然。

奈奈子想。

——妳果然不該被我蒙在鼓裡。

到底是誰最爲她著想也最維護她。

始終毫不知情的由紀太殘忍了。

5

抒情的火焰

徒然珈琲 Kitanozaka CAFE TSUREDURE

正是如此，編輯，
所以才要描寫星川唯斗的心理。
對話太跳躍了，
讀者無法理解！

1

太陽已經西斜。

籠罩著低斜角度灑進的陽光，奈奈子飛進圖書室。一層薄薄的暗影蹲伏在書架底部，太陽再過一小時就要下山。一名青年坐在小學生用的低矮椅子上，奈奈子認出那是雨坂續。他憋屈地交疊修長的雙腳，翻閱傍晚天空封面的書。

四下都沒小暮井由紀的身影。

雨坂太過礙事，就和佐佐波一樣，奈奈子盡可能想排除他。

「你在做什麼？」奈奈子問，但對方毫無回應。

畢竟雨坂看不見幽靈，也聽不見幽靈。

沒辦法，奈奈子放棄搭話。

——燒起來吧。

奈奈子在體內凝聚意志。

她毫不懷疑自己能夠操縱火焰。就像踏出腳和伸出手，變成幽靈的奈奈子發得出火焰。由於實在太過與生俱來，奈奈子甚至想不起來生前爲什麼做不到。

闔上書本，雨坂續抬起頭。

「恭候多時，星川同學。」

拳頭大小的火焰在眼前搖曳，但他面不改色。

「妳可能對小暮井同學不在感到疑惑，但請安心，我請她消磨一下時間，不會影響到下午七點的約定。」

他後退一點，指著面前的火焰。

「話說回來，能否請妳消去這團火焰？這樣下去，我的瀏海說不定會烤焦。」

我才不管呢，乾脆烤焦這傢伙的瀏海算了，奈奈子想。

雨坂繼續說。「如果妳打算對話，請用這個。」他將一張影印紙攤在桌上，上面有五十音表以及「是」和「不是」的欄位，奈奈子覺得有點似曾相識。

「我原本想寫成比較有效率的表格，結果變成碟仙用紙了。嗯，不過比起碟仙請來的動物靈，妳知道的詞彙應該多上許多。」

理解他的意思後，奈奈子在紙上一字一句依序點起微小火焰。

火焰照順序點亮三個字。

——還好啦。

思考一段時間後，奈奈子繼續在文字上點起火苗。「大」、「事」、「不」、「好」、「了」——大事不好了，佐佐波先生發生意外了。

如果順利，就可以把雨坂續趕走了，奈奈子在心中如此盤算。

但雨坂搖搖頭。「那是騙人的。」

——爲什麼？

「太缺乏眞實性了。如果發生意外，慌張的人根本不會先說一句『大事不好了』當前言，就算被指出說謊，也不會反問『爲什麼』。」

——這不一定，畢竟他對我來說無關緊要。

因此，她沒表現出慌張的模樣也不奇怪。

「那我還是聯絡一下。叫警察好，還是叫救護車好？」

——你不去嗎？

「我去了也幫不上忙。」

計畫失敗了，奈奈子搖搖頭。

——我想和由紀單獨說話。

「我也覺得這是好主意。」

這是令奈奈子意外的答案。

——那麻煩你先出去吧。

「離傍晚還有一小時左右，陪我聊一下。」

奈奈子嘆口氣。

——這裡是小學圖書室哦？大人不該待這裡。

「我有獲得許可，內田老師非常樂於幫忙。」

眞是的，奈奈子傻眼地一屁股坐在桌上。她沒有眞正的雙腿，就算一直站著也不會痠痛，不過這完全是心情問題。

——找我有什麼事嗎？

「我想確認妳的設定。」

——設定？

雨坂點頭。「是的，不用想太深，回答我的問題就好。」他稍微瞥窗戶一眼。雖然位置有誤差，不過奈奈子覺得他說不定想看著自己。

「八年前，妳的兄長究竟想燒掉什麼？」

奈奈子也認爲這是一個問題。

——說不定是素描簿。

哥哥打算燒掉讓由紀感到痛苦的某樣東西，而她因爲和內田老師的關係而厭惡畫圖。

綜合以上，素描簿是很合理的推測。

「原來如此。」雨坂點點頭。「第二個問題，妳打算燒掉什麼？」

奈奈子猶豫著，即使寫那封信給由紀，她還是沒有明確答案。

——我最初覺得自己必須燒掉借閱卡。

她要抹消星川唯斗留下的痕跡，貫徹始終地守護關於「小星」的謊言。

奈奈子心裡一半這麼想。

「但妳改變了想法。」

正如雨坂所說，她無法接受守護謊言這件事。

——哥哥在那本書的最後一幕夾著書籤。

哥哥一定是將那個結尾當作目標，他想將少女從痛苦中解放，而書中少年和少女在老師的守護下抱緊彼此。他夢想實現這樣的結局。

——我果然還是無法原諒由紀竟然完全不知道哥哥的事情。

雨坂稍微偏過頭。「所以呢？妳到底想燒掉什麼？」

奈奈子也歪歪頭。

——我自己也不知道到底是什麼。

其實奈奈子已經決定好答案，只是她沒打算告訴任何人。

「第三個問題，也是最後一個問題。」

他輕輕地碰碰桌上那本書。

「這次的故事到底是什麼類型呢？」

——類型？

「是的。」他輕柔翻開書。「我一直懷著疑問。沒錯，約兩個月前，小暮井同學第一次委託那天我就一直心存疑問。這次的故事究竟屬於什麼類型？我不斷考慮這個問題。」

——可能是恐怖故事？畢竟有幽靈登場。

「如果是這樣，那作者寫得太不認真了，妳一點也不可怕。」

——這樣啊，那我想想。

奈奈子決定好答案。

——戀愛故事。

這是一部以八年前過世的哥哥爲主角，非常純粹的戀愛故事。

奈奈子希望能爲這個故事寫下結局，揭露由紀不知道的眞相。

「那就是妳的復仇嗎？」

——嗯。

這應該很自我中心，但從奈奈子的角度來看，由紀背叛了哥哥。就算她只是無知、只是被蒙在鼓裡，她依然搞錯絕對不該搞錯的重要之人。

——知道所有眞相後，由紀一定很難過。

八年前，少年爲了由紀過世了，而她一無所知又毫無愧疚地度過八年。即使小暮井由紀沒有錯，一切僅是星川唯斗自作主張，她依然會在眞相大白後深深感到悲傷。

——就算如此，我也覺得她應該知道眞相。

雨坂輕輕地推推眼鏡。「我明白了。」

——明白什麼？

「妳的設定啊，星川同學。」雨坂續露出笑容。「妳並非這次故事的作者，只是登場人物。」

——怎麼說？

「結局由我來創作出來，由我和另一位編輯。」

奈奈子也笑了。

——佐佐波先生不會來的。

「爲什麼？」

——我在山上燒了他車子的輪胎。

「所以？」

他露出波瀾不驚的微笑，奈奈子一時說不出話。

——我也燒了他的手機，加上那地方沒什麼人經過，他求助無門了。

雨坂站起身，緩緩步向窗邊。

「妳一點也不了解那個人。」

他指向窗外。

怎麼可能，佐佐波來了嗎？這麼早？太快了，剛好有車經過嗎？或者他說不定有兩部手機，聯絡哪邊換到輪胎嗎？還是叫了計程車？奈奈子混亂地思考各種可能。

但以上全非。

「所謂的編輯就是爲了討論故事情節，不論哪裡都會現身的人種。」

雨坂續指著前方，那裡出現手上挽著外套，努力奔跑的佐佐波蓮司。

2

佐佐波渴得要命。

他原本盤算半路攔一台計程車，但沒半台車出現。說起來也是無可奈何，畢竟從山路到小學盡是杳無人煙的道路。

他喘著粗氣打開圖書室的門，雨坂和幽靈同時看向他。

「辛苦了。」雨坂說。

「是啊，辛苦我了，七月實在不是適合跑步的季節。」

汗水從額際附近淌流滴落。佐佐波拉開面前的椅子，力氣盡失地頽坐在椅上。他兩邊手肘支在大腿上，低頭調整呼吸。

「你引以爲傲的不過就是體力，怎麼在討論故事情節前就累了？」

「我也沒辦法啊，我拼命跑來的，你也稍微慰勞我一下。」

「我已經慰勞你了，我說『辛苦了』。」

「不採用，完全不含感情，改寫成更富有戲劇性的台詞吧。」

「現在又不是激動的場景，我只是理所當然地做理所當然的事。」

雨坂續直直走近佐佐波。

「那麼我們開始最後的討論。」

眞是，連休息的空檔都沒有，暗自嘀咕的佐佐波從外套口袋掏出記事本和原子筆。

「主題是什麼？」

「當然是關於這次故事的結局。」

「已經想好了嗎，說書人？」

雨坂坦然地搖頭。「不，接下來才要開始，編輯大人。」

佐佐波聳聳肩膀。「那可不妙，離截稿期限剩不到一小時。」

「所以才要討論，找出正確的結局，以及爲美麗的故事劃上句點。」

雨坂轉頭看窗外，佐佐波也不由自主地跟著看向同一處。天空正一點一滴地幻化成接近那本書封的色澤，太陽被趕到西邊角落，夜晚則從東邊逐步逼近。

「某位幽靈說這是戀愛故事。」

「八年前過世的少年是主角？」

「是的。」

「你好像說過類似的話，男生只要和可愛的女生感情融洽地談天說地，就會對對方有意思。」

「但我也講過，這種心理描寫有不自然之處。」

啊，沒錯，佐佐波回想起當時的對話。

幽靈插入兩人的對話。

「哥哥對由紀抱有好感，才在那本書的最後面夾書籤。而且故事是結束在男生和女生相擁的場景，這是非常簡單易懂的戀愛小說。」

佐佐波將奈奈子的話寫在記事本上，雨坂彎腰閱讀記事本，然後搖搖頭。

「這樣行不通。」

「爲什麼？」幽靈問。

——爲什麼？

佐佐波照樣將她的話寫在記事本上。

「因爲他過世了。」

雨坂的話讓幽靈連眨幾次眼，露出困惑的表情。佐佐波提出問題。

「少年過世的話，戀愛故事就無法成立嗎？」

「還是可以成立，寫法多得是。」

「那就沒問題了。」

「不，問題大了。」

「爲什麼？」

「因爲這樣只會走向悲劇結局。就算想要追求星川唯斗和小暮井由紀相擁的結局，那樣的場景也不會出現。讓知道一切的少女流下眼淚，這種故事有什麼價值可言？」

「悲劇十分常見，不論在現實或在故事中。」

「就算如此，就算這個世界理所當然地充斥著悲劇——」

雨坂瞇起眼睛。

「我也不認同。小說家是替這個世界尋找渺小希望才會提筆創作。」

某位書評家說過，雨坂續的小說有兩個缺點。

其中一點就是這件事：雨坂續寫不出悲劇。不論他寫出多富有嘲諷意味的故事，不論他透過多麼令人感傷的文章煽動讀者的悲傷，他永遠都以幸福場景收尾。就算要犧牲眞實感，他也想以廉價的光芒照亮世界，用溫柔的語氣說出「可喜可賀、可喜可賀」。

佐佐波笑了。

「好吧，說書人，那你就試著說個快樂結局。」

雨坂保持這樣就好，這樣的特色算不上缺點。不論何時都以幸福結局爲目標，這是他的個人特質，任何人都不該阻止。

「不可能。」幽靈開口。「哥哥過世了。他爲了由紀在那晚溜出醫院，一事無成地過世了。早在八年前，不幸的結局就確立了。」

佐佐波潦草地在記事本寫下幽靈的話，然後問雨坂。

「星川唯斗過世了，這是無法更改的設定。你可以從這裡戰勝悲劇嗎？」

雨坂賭氣似地皺起臉。

「受不了，這是讓人難以接受的設定。若他也成爲幽靈，就構築得出各種發展了。」

「不在就是不在，你現在正打算用缺乏王子的故事拯救公主。」

「沒錯，王子的不幸避無可避，所以我才要敘說之後的故事，我要從眼前的不幸找出救贖的可能性。」

「這個故事到底哪裡有救贖？」

「那是我完全看不見，但你看得到的事物。」

雨坂續看不到，而佐佐波蓮司看得到的東西只有一個。

「星川奈奈子……？」

幽靈一臉吃驚地看著佐佐波。

「我？」

大概是從佐佐波的樣子推斷出來，雨坂幾乎正確地轉頭面朝幽靈。

「只要妳正確地演繹出妳的角色，結局就會有截然不同的風貌。」

佐佐波代替幽靈發問。

「她正確的角色是什麼？」

「我已經在腦海中描繪最後一幕了。」

雨坂用食指按著臉頰，將嘴角往上推。

「兩名少女露出微笑。傍晚的天空是她們的布景，而兩人正發自內心地微笑著，那景象同時成爲八年前過世的少年救贖。這樣的結局再適合不過這個故事了。」

如果實現這個結局，的確是一種救贖。就算無法達成完美無缺的快樂結局，只要兩名少女攜手度過悲劇後相視而笑，那就會是一個點亮微小希望的結局。

佐佐波用原子筆指向窗邊的幽靈。

「那麼星川奈奈子同學，妳怎麼做才能迎來幸福的結局呢？」

她裝傻地歪頭，就像第一次探頭看鏡的貓，因為眼前發生意想不到的事而一臉困惑。

「和我沒關係，這是哥哥和由紀的故事。」

「不，這是妳的故事，是妳和小暮井由紀的故事。」

這是雨坂續的決定，而且不會有作者搞錯故事主角。

「我希望由紀知道所有眞相：哥哥的存在，以及哥哥眞心希望保護由紀的事。若她知道哥哥的心情，我就滿足了。」

佐佐波不停動筆，雨坂一語不發地注視逐字逐句寫下的話語。他一路看到最後一字後重重點頭。

「對啊，就是這個，故事的主題除此不作他想。」

雨坂語氣強烈起來，但他並非提高聲量。相反地，他接近悄聲細語，不過聲音蘊藏著強烈的力道。

「這個是哪個？」

「星川唯斗啊，他的心理描寫應該和結局有直接關係。」

「喂，給我等一下啊，說書人。」

佐佐波用原子筆戳戳身旁的雨坂胸口。

「重要的不是星川奈奈子和小暮井由紀嗎？」

雨坂一臉麻煩地反擰過佐佐波拿著原子筆的手。

「正是如此，編輯，所以才要描寫星川唯斗的心理。」

佐佐波維持手被抓著的姿勢湊近雨坂，空著的左手則指著對方。

「對話太跳躍了，請好好說明中間過程，不然讀者無法理解。」

「看過情節就會清楚了。」

雨坂不耐煩地按著佐佐波的額頭，把他壓回去。

「事到如今，星川奈奈子的遺願已經十分清楚了。」

「傳達小暮井由紀關於死去兄長的事嗎？」

「不，那只是手段，請好好讀懂故事的本質。」

雨坂終於放開佐佐波，指向記事本上一行文字。那是佐佐波謄寫的幽靈話語。

——若她知道哥哥的心情，我就滿足了。

「她的目的是哥哥的幸福。爲了死去的哥哥，星川奈奈子才變成幽靈。眞要說的話，實現哥哥的遺願就是她的遺願。」

「不錯的故事發展，所以呢？」

「所以星川唯斗的心理描寫能爲這個故事帶來截然不同的變化。」雨坂往上推推眼鏡。「如果她誤會哥哥的心理描寫，對他的遺願解讀錯誤，那麼只要矯正這點，她的目的也會產生變化，故事的結局也隨之變化，這是極爲簡單的故事結構。」

佐佐波終於理解了。

的確，八年前過世的少年和少女幽靈的目的關係密切。

「但你說心理描寫？八年前過世少年的心理描寫？」

「你聲音太大了，我就站在你旁邊，說話麻煩小聲一點。」

「討論故事劇情的時候要充滿氣勢，這是我的作風——所以描寫八年前過世的少年心理，這種事辦得到嗎？」

「無法配合作家作風的只是二流編輯——我當然辦得到。別說死者，我平常寫的甚至是不存在的人物心理。」

「如果什麼都順著作家，小說哪可能完成——何況，這可不是你創作出來的角色，描寫實際存在的人應該比較難吧？」

「你完全搞錯重點了。聲量大小之類的瑣事，配合作家也無所謂。」

「搞錯的應該是你，趕快描寫星川唯斗的心理吧。」

「你不是說辦不到嗎？」

「煩死了，我只是問你辦不辦得到而已，辦得到就趕快寫啦。」

雨坂用手掌比向窗邊的幽靈，但方向稍微偏移，於是佐佐波伸手矯正方向。

「她誤判故事類型了。」

幽靈不滿地低語。「誤判？」

雨坂盤起雙手。

「那本書被星川同學當成戀愛故事，她一心以爲主角是男生。」

「不是嗎？」

「書中並未明確指出性別。八年前的唯斗同學則認爲主角是少女，並將這個故事解讀爲關於兩名少女之間有別於戀愛的戀愛故事。」

「你怎麼知道？」

「沒什麼理由就知道了。」

雨坂緩緩踏出步伐，發出「扣、扣」的腳步聲。他習慣隨著節奏思考，例如敲打鍵盤。如果沒鍵盤可敲，他就會在房間來回踱步。

「事情就該如此，因爲在我的情節中，這次的故事是以有別於戀愛的愛情爲主題。所以深深影響星川唯斗的書，應該也是有別於戀愛的愛情。」

亂七八糟的發言。

何等任性，這傢伙簡直將世界當作自己的作品處理，但佐佐波不由得揚起嘴角。雨坂續就是要任性才好，畢竟作家本來就是憑一己之意，擅自編織故事。

「就算是這樣又有什麼差別？戀愛和愛情的差異是什麼？」

「差異在於結局的形式，他追求的東西會讓故事本質產生改變。」

佐佐波用原子筆敲敲記事本，打斷雨坂的思考。

「等一下，話題又跳躍了，我們照著順序來吧。」佐佐波在腦中整理現況，一一確認。「星川奈奈子認爲這次是戀愛故事，所以才對不知道哥哥事情的小暮井由紀感到不悅，對吧？」

「正是。」

佐佐波對幽靈的心情抱有同感。如果戀愛故事的女主角到最後都不曾注意到主角心意，讀者應該也難以接受。

佐佐波繼續說：

「幽靈只是想代替哥哥向小暮井由紀告白。儘管這份戀情註定是一段悲戀，但少年的心意依舊傳達給少女了。」

「稍微不太一樣。」幽靈用壓抑的語調傾訴。「可以的話，我希望由紀自然地注意到哥哥的事，妹妹代爲告白也太沒面子。」

佐佐波振筆疾書，和幽靈說話。

「所以妳才一點一點地對她公開情報啊。」

「雖然由紀直到從內田老師那邊聽到眞相爲止，都沒注意到哥哥的事就是了。」

「因爲情節太粗糙，而人並非那麼敏銳。」

「是由紀太遲鈍了，剛見面時就是這樣。她到底爲什麼一直把我和哥哥搞錯？」

這就是星川奈奈子設定的故事：事到如今，少女才注意到八年前死去少年的戀慕之情，這是悲哀的戀愛小說。但如果從中抽走「戀愛」要素，故事會變得如何呢？

答案顯而易見，而且馬上就會出現微妙之處。

「有點奇怪啊，說書人，如果星川唯斗並無戀慕之情，他也沒理由溜出醫院。他到底爲什麼要守護小暮井由紀？」

「已經說過很多次了，編輯，答案就是愛情。」

有別於戀愛的愛情——佐佐波認爲兩者如此相似，無法分辨差異。

「那有什麼差別？就算星川奈奈子傳達的心意從戀愛變成愛情，仍然不改悲劇本質，兩人終究陰陽兩隔。」

「不能將想法侷限於這兩人，少年追求的愛情是更包容寬廣的存在。」

雨坂續用相同節奏踱步，發出清脆的腳步聲。

「你知道那本書的結局嗎？」

「我沒讀過，但聽幽靈講過。最後兩人緊緊相擁吧？」

「那不夠完整。」雨坂續宛如歌唱一般娓娓道來。「那是一個關於救贖的故事，一名少女徹底獲得救贖的故事。同學們鼓掌迎接少女，就連被描寫成壞人的老師也流下眼淚祝福她。難題或悲傷都消聲匿跡，故事以完完全全的快樂結局落下終幕。」

他停下腳步，微微攤開雙手。

彷彿正在指揮無聲樂團的指揮家，他的文字充滿韻律。

「你懂了嗎，編輯？這就是少年期望的結局。」

佐佐波深深吸進一口氣，他吐出後開口：

「星川唯斗僅僅無私地想實現和祝福小暮井由紀的幸福嗎？」

「我就會這麼安排故事。」

「爲什麼？」

佐佐波搖搖頭。

「平凡少年不爲戀愛這種原始的理由所驅，爲什麼可以一心一意祈求少女的幸福？這種設定欠缺說服力。」

「不，這是最具說服力的情節。」

雨坂續不知何時充滿確信。故事終於連貫了，而且是他認爲最美麗的形式。

「這是非常單純的心理描寫，請想起少年和少女定下的兩個約定。」

佐佐波翻開記事本。關於兩個約定，他約兩個月前記在記事本上。

——第一個是我們一定要再見面。

——第二個是什麼？

——兩人一起守護重要的東西。爲了重逢時，我們可以對彼此露出笑容。

雨坂開口。「少年非常直率地想守護他最珍貴的東西。」

佐佐波蓮司閉上眼，想像八年前過世的某位少年。

同時，雨坂續的聲音也和他的思緒同步響起。

「少年過著漫長的住院生活。」他的日常就是醫院病房的一室。「因此，他對學校生活充滿憧憬：從窗外傳來的孩童嬉鬧聲、在走廊上響起的輕快腳步聲、管樂社拙劣的練習——」

在學校圖書室感受到的一切——

「對他而言，都有特別的價值。」

沒錯，星川唯斗認為在小學度過的時光很特別。對他而言，那段時光是位在遙遠彼方的無比尊貴之物。

「直到人生的終幕都沐浴在這一切中，對他來說就是理想的結尾，這是他在對抗病魔的漫長生活終點所應得的幸福。然而，他傾聽少女的煩惱。少女和老師的不和，是理應為樂園的學校中不幸的一角。」

佐佐波終於點頭認同雨坂的說法。星川唯斗認為，學校須是象徵著快樂結局之處。

「所以他才想守護小暮井由紀的幸福嗎？」

唯斗為了讓未來某一天，當少年和少女相逢時的一幕可以成為理想的快樂結局，因此起身守護少女的幸福。

雨坂點頭。「少年傾注愛情並且拚上性命守護的，只是少女平穩尋常的日常生活。」

「別說這種不負責任的話！」窗邊的幽靈用力搖頭。「你們根本不認識哥哥，別靠推測就說不負責任的話。」

佐佐波凝視著幽靈。她十分生氣，但到底為什麼生氣？生活總是如此，與小說相比，現實中的心理描寫經常不夠充份。

「妳有什麼不滿意嗎？雨坂的故事已經說服我了。」

少女低下頭的模樣不知為何十分年幼，讓他聯想到不小心將冰淇淋摔落地面，孩子盯著腳邊垂淚的哭臉。

「我知道哥哥無法上學。」她緩緩吐出字句，佐佐波慢慢謄寫在記事本上。「我很清楚，哥哥一開始就知道自己沒辦法出院了。就算學校多麼幸福，畢竟是哥哥永遠無法企及的場所，他奮力守護也毫無意義。」

注視著記事本的雨坂點頭。

「當然，一定是這樣。」

佐佐波瞪向雨坂。

「到底怎麼一回事？如果學校對他來說不是結局場景，你的故事就出包了。」

「不，這不會影響現況。」

雨坂的聲音沒有色彩，就像文章中短短一行句子。不論描述「笑了」還是「哭了」，依舊不帶半點顏色的黑白文字組合。

他平板又不帶情感地述說著：

「能不能親眼見證願望實現，並非他的優先考量，不論他的故事多麼悲劇性，或是他註定無法身處在這份幸福中，他奮力守護的理想仍舊美麗。」

佐佐波無法理解。現在才描寫八年前死去的少年心理，終究並非簡單事。

雨坂毫無色彩的平板聲音隱約帶著悲傷。

「星川同學，妳也一樣吧？妳不也明知沒人可以得到救贖，卻試著將哥哥的心意傳達給小暮井同學？描述人物心理時，人物內心情緒的角落一向都暗中滋生著混沌。」

佐佐波低頭看一眼手表。指針剛過下午六點三十分，離日落還有三十分鐘左右。小暮井由紀再過不久就會來到此處。

窗邊的幽靈緩慢搖頭。「這都是你毫無根據的想像吧？這毫無意義。」雨坂的推論確實薄弱，畢竟關於八年前過世的少年心理，事到如今不可能再埋下讓讀者易懂的伏筆。佐佐波將幽靈的埋怨寫在記事本上，而雨坂盯著那句話，什麼也沒說。

編輯代替作家回答。「虛構的故事也有意義。」

就是因爲相信這點，出版工作者才會將大半人生奉獻給故事。

「就算故事只是創作的產物，讀那些故事的人仍身處現實。問題在於妳到底感受到什麼、相信什麼？就算僅有些微影響，只要讓讀者的感情產生變化，虛構就有實際具體的意義。」

雨坂創作的故事十分明確：僅用少女流下眼淚的場面作爲結尾太無趣，還是兩人都露出笑容比較好。

「如果妳相信雨坂的故事，最後一幕應該會截然不同吧？」

星川唯斗希望小暮井由紀幸福。說得誇張一點，他只是想要守護她的世界而已。他祈望自己心目中的憧憬永遠維持美麗的模樣。

「就算統統都像你們說的——」幽靈的聲音顫抖著。「那我到底該怎麼做？」

答案十分清楚。

「守護哥哥想要守護的東西就好了。」

幽靈再次搖搖頭。

「沒用的，由紀知道眞相了，我不知道自己到底怎麼辦才好。」

佐佐波朝雨坂攤開記事本的內頁，最後的台詞果然還是應該由作家來描寫。雨坂稍微聳聳肩，他開口說道。

「妳到目前為止都做得很好。」

「哪裡做得好了？事情一點也不順利。我完全無法向由紀傳達任何事，甚至連該傳達什麼都不清楚。」

「不，完全相反。妳最初就非常清楚。」小說家終於露出微笑。「妳盡可能不傷害小暮井同學，小心翼翼對她訴說，不是嗎？所以妳才會一點一點揭露情報，仔細考慮每幕的順序。尤其讓勇次成佛後才說出他的事，這非常出色。如果順序相反，小暮井同學會更痛苦。」

幽靈露出哭泣般的笑容。

「湊巧而已，我其實是在害怕。我不知道怎麼傳達這份心情，又不知道該傳達什麼才好，所以變得膽小多慮。」

那份膽小多慮其實非常重要，佐佐波心想。說故事的人面對讀者時，不論何時都會擔心受怕，所以才會審慎選擇每個詞彙，盡力正確描寫。

「最後一幕差不多開始了，妳只需要考慮一件事。」

雨坂掛著微笑，伸出食指。

「妳該燒掉什麼？妳的火焰為什麼存在？我衷心期待最後描繪出救贖的結局。」

現在，作家和編輯先行退場。

因爲故事的結局，要獻給兩名少女。

3

由紀走上樓梯時，回想起八年前的事情。

雖然僅短短兩週，但有一段時間，小暮井由紀的日常就是跑上這段樓梯。當時她從未覺得樓梯一階的高度是如此矮。對當時的由紀而言，國小就是象徵著人類社會本身，而圖書室則像是另一個世界。

星期日的小學一片寂靜，彷彿漫長時光中不曾有人拜訪的空屋。現在由紀已經知道這裡不過是社會極小的片段；不過在她心中，圖書室至今仍然非常特別。

她打開門，潮濕厚重的空氣瞬間撲面而來。

窗外的天空已經染上鮮明的夕色，細縷橘色陽光看似強烈，實際上卻不甚明亮，書架宛如剪影似地一片漆黑。

星川奈奈子站在一排窗戶前的中間位置。那不是八年前「小星」常待的位置，她——不，他總是坐在更後面的座位。由紀終於眞正體認到星川奈奈子並非八年前的「小星」。

奈奈子掛著困惑的笑容開口：

「妳的眉間堆起皺紋嘍。」

嗯，她仍舊是由紀知道的「小星」。

她搖搖頭。「皺紋什麼的隨他去了，反正人到頭來還不是會變老。」

「哦，像釋迦一樣領悟諸行無常的道理嗎？」

「萬物皆流轉啊。」

「那是赫拉克利特。」

咦？不是柏拉圖嗎？自己這方面的知識一向不及奈奈子，她應該才是對的。

安靜的圖書室中，腳步聲特別響亮。

奈奈子指著由紀手中的東西。「那是什麼？」

「素描簿，內田老師還給我的。」

由紀將拿在手中的素描簿放到桌面。

「我這八年間不曾拿回這本素描簿，但老師始終幫我保留著。」

實在不勝感謝，由紀想。她今天發覺許多值得感謝的事——她的身邊其實有這麼多值得感謝的事情。

——我毫無所覺地過著非常幸福的日子。

由紀終於意識到這件事。

「奈奈子也是吧，這八年間一直等著我。」

自己多麼愚蠢啊。度過這八年也不曾發現應當察覺的事。如果按照原本的生活方式，自己一定到今天也不會發現這些。多虧奈奈子、內田老師，以及編輯先生和小說家先生，自己終於意識到這些。

「我今天終於知道小星的名字了。」

八年前對自己如此溫柔的男生，由紀到今天前還一無所知他的存在。

「妳不知情也無所謂。」奈奈子說。「哥哥應該也這麼希望。由紀毫不知情地過著幸福的日子，哥哥就會滿足了，但我做出多餘的事。」

奈奈子的哥哥、名爲星川唯斗的少年——

「小星是因爲我才過世的吧？」

八年前，星川唯斗爲了小暮井由紀偷偷溜出醫院。

由紀今天才知悉這件事。

由紀閉上眼睛。談論死者的時候，她希望露出笑容。因爲當唯斗談及自己的死亡時，他總笑著，由紀希望自己也能像他一樣堅強面對悲傷。

但眼淚流了下來，她無法克制地不停掉下淚水。一半出自罪惡感，一半出自純粹的悲傷。在他過世八年後，由紀終於誠實地流下眼淚。

「不是妳的錯，那是我們都無可奈何的事。」奈奈子慌忙地說道。「好奇怪，我原本認爲這是妳的錯，但事情不是如此。總而言之，請妳別哭。睜開眼睛，好嗎？」

由紀睜開眼，但眼淚停不下來。模糊的視野中，橘光亮起。奈奈子向由紀的臉伸出右手，試著碰由紀的臉頰。但由紀感覺不到她的體溫，可是感受到和人體相似的溫度。

「別哭，我已經決定要把哥哥的想法當最正確的選擇，是我錯了。是我誤會了，我不該擅自讓哥哥的遭遇變成悲劇，所以由紀不要哭了。」

但由紀完全無法遏止淚水。

「很怪吧，明明是我害妳哭的，但我還是想拜託妳別哭。妳一哭，就像妳和哥哥之間的回憶只有悲傷。」

由紀搖頭。沒那回事，這盡是些快樂的回憶。八年前如此，升上國中重逢後也是如此，對由紀來說和兩位「小星」在一起的回憶只有滿滿的幸福。

因此由紀不停搖著頭。

「我畫了一張圖。」她拿起素描簿。

內田老師的大樓到這裡約兩小時。由紀途中買了鉛筆，在素描簿上畫一張圖。她已經很久未曾提筆作畫，畫得一點也不順利。但她想將圖拿給奈奈子，所以拼命畫出來了。

「我們約定好的。」

八年前，由紀和小星約好了。

她一直記得兩人的約定，現在她終於慢慢了解約定的意思。

——兩人要一起守護重要的東西。爲了重逢的時候，我們對彼此露出笑容。

因爲很重要，所以要好好守護。和現在一樣，八年前的由紀身旁一定也有很多重要的東西，這本素描簿就是其中之一。

由紀翻開素描簿後，奈奈子發出笑聲。

「畫得眞差。」

「過分，我畫得很努力的。」

「不過，嗯，畫得很像，哥哥就是這樣笑的。」

素描簿上的「小星」和八年前在圖書室時一樣露出笑容。由紀只會畫他這樣的表情，因爲由紀只想得起他的笑容。

「下次我會畫得更好。」

雖然有點遲，但由紀還是想遵守和他的約定。

重要的東西就應該愼重地對待。

「我眞的什麼都不知道。」奈奈子注視著素描簿。「我以爲哥哥想燒掉這個，但完全搞錯了。」

「燒掉？」

「哥哥死前拿著火柴盒，大概想像那本書一樣，燒掉不好的東西。」

關於他想燒掉的東西，由紀有自己的答案。

「他大概想燒掉辭呈吧……」

「辭呈？」

「嗯，內田老師的辭呈。」

當老師將辭呈拿給她看時，由紀眞的很害怕。她曾經對小星提過這件事，所以小星應該是想爲她燒掉辭呈。

「原來如此，所以我才被說沒有當作者的天份啊。」

「什麼意思？」

「就是我不知道的事情還多得很。」

奈奈子向由紀抱怨著，臉上卻隱約帶著滿足的表情。

「雖然不瞭解的事還很多，但我終於明白一件事。」

「明白什麼？」

「我該燒的東西是什麼。」

眼淚終於逐漸收勢，由紀用手背擦擦眼角。她看見奈奈子望著窗外。

「太陽快下山了。」

一回過神，時間已經過下午七點十五分，由紀在窗邊抬頭望向天空。不知何時，天色明顯地暗下來。山際僅留有數公分的夕照殘跡。仰頭往上望，奶油色的天邊透出逐漸加深的深藍。

「天色有點黯淡。」奈奈子聳聳肩。

的確，眼前的藍天並非像傍晚天空的封面那樣深邃鮮豔。

「但很漂亮。」

就像泛舊的照片，天空散發出沉穩的氣氛，十分美麗。

「那當然。」奈奈子露出微笑。「一天尾聲的天空怎麼可能不美？」

由紀嘗試看著奈奈子微笑，但笑不太出來，不過最後還是硬擠出笑容。

「奈奈子想燒掉什麼？」

素描簿很重要，絕不能燒掉。

內田老師仍在當老師，也沒必要燒辭呈了。

由紀完全想不出還有什麼應該燒掉的東西。

「我希望燒掉我自己。」

奈奈子的語氣冷靜穩重，宛如眼前這片開闊的天空。

「不留半點痕跡地燃燒殆盡，從妳的面前消失——我認爲這是必然的作法。我從哥哥那邊奪走八年前的回憶，我想將全部都還給他。」

由紀用力搖頭。「我不要這樣。」

由紀很喜歡八年前的小星，他對由紀來說非常重要；但她同樣喜歡星川奈奈子，她不願失去一起共度許多時光的她。

「所以我決定燒別的東西。」

偏了偏頭，奈奈子探頭看由紀的臉。

「妳帶著那封信嗎？」

由紀將手伸進口袋。「這個？」那是裝在藍色信封中，奈奈子寄出的信。因爲由紀太在意內容，經常一再重讀，所以隨身帶在身邊。

「嗯，就是那個，太好了。」

「妳要燒掉這個？」

「我想不到其他可能。」

「爲什麼？」

「因爲那封信寫得不對。」

幫我打開窗戶，她說。由紀聽話地解開窗鎖，打開窗戶。

就算天色變暗，空氣始終相當溫暖，並且夾帶著濕氣。眼前全透著澄澈的藍。

「來，由紀，將信揉成一團丟到空中。」

「但是……」

「拜託妳了，如果我能自己動手就好了，但現在只能麻煩妳。」

由紀依然抗拒著放棄奈奈子生前最後寫的信。

奈奈子再次懇求。「拜託了。」

由紀望著奈奈子好一會。她就像八年前的小星，個子不高，手臂細得像隨時會折斷，但不知爲何非常堅強。

由紀將信對折成一半，再對半折，然後再對折，盡可能將信仔細摺好。

她想起信上最後一行字。

——妳果然不應該被我蒙在鼓裡。

「眉間，」奈奈子開口。「又堆起皺紋了。」

由紀甩甩頭。「我會注意的，今後會盡可能多露出笑容的。」她握緊摺得小小的信。

「丟出去就好了嗎？」

「嗯，盡情扔出去，那封信應該丟向不知名的遠方。」

由紀輕輕吸一口氣。

她從窗邊離開幾步，然後配合助跑的力道，使出全身力氣扔出摺好的紙團，腰部還因爲收不住的衝勁而撞上窗框。好痛，她一邊想著一邊抬頭看，只見藍色的紙團飛上空中。落日的昏紅色彩已經完全消逝，剩下一片深邃澄靜的無雲蒼穹。

信紙到達拋物線的頂點後，馬上燃燒起來。

傍晚的天空作爲背景，鮮紅的火焰發出明亮的光輝。

那是如此美麗，不論天空或火焰都美得奪人心弦。

身邊的奈奈子笑起來，雖然不知道爲什麼，但由紀不由得跟著笑起來。

「妳一開始就是正確的。」

奈奈子露出一如天空和火焰般美麗的笑臉。

「相信我，由紀。我能當妳的朋友眞是太好了，哥哥一定也這麼想。」

由紀隱隱約約地明白接下來會發生什麼事。

此時，奈奈子的身影逐漸變淡。

即使明白，由紀也無法接受。

「別走，小星，拜託妳一直待在我身邊！」

由紀向她伸出手，但撈了個空。明明她就在那裡，明明她就在自己的眼前，由紀卻碰不到奈奈子。

她一直帶著微笑。

「別哭，小由。不是要盡量露出笑容嗎？」

由紀搖搖頭。辦不到，她想，現在根本不可能笑得出來。

「沒問題，我相信妳。妳在的地方永遠都是哥哥的幸福結局。吶，所以──」

火焰消失了，信不留半點痕跡地燃燒殆盡。

奈奈子的聲音迅速變小，她即將離開自己，前往遙遠的彼方。

「我已經毫無遺願了。」

那是最後響起的話語。

她消失了。

星川奈奈子不再存在世上任何一處。

不論由紀呼喊多少次她的名字也毫無回音。

小暮井由紀跪坐在地，俯身閉上眼睛。眼淚完全停不下來。

但在她的眼底深處，至今搖盪著火焰。

背景的傍晚天空中，她的火焰在耀眼燃燒。

6

終章

徒然珈琲 Kitanozaka CAFE TSUREDURE

她再次飄然拜訪「徒然咖啡館」時，事情剛好經過兩個星期日。佐佐波蓮司一開始沒注意到來者身份。她坐在靠門口的座位，一邊讀書一邊品嘗桃子水果塔。

他先被她手上的書吸引注意力，因爲那是他熟知的《視覺陷阱的指尖》。有人在讀自己負責的作品眞好，他這麼想後才發現那是小暮井由紀。對正在讀書的人搭話未免太失禮，但就這樣無視她也有點怪。

「水果塔的味道如何？」

佐佐波最後決定出聲詢問。由紀從書中抬起頭露出微笑。

「很不錯，非常好吃。」

她比佐佐波預想得還有精神。

「那太好了。今天怎麼會到這裡？」

「沒什麼特別理由，想說最近有一陣子沒來了。」

「下次要來先連絡一聲，我爲妳烤個蛋糕。」

他已經放棄蘋果派了，那種加滿滿奶油的派皮麵糰，在烘烤過程中不可能不烤焦。

「仿作小姐告訴我，如果佐佐波先生提出這樣的提議就要拒絕。」

仿作和這孩子到底平常在聊什麼啊？佐佐波不住暗自吐槽。

「實際吃吃看的話，說不定意外挺好吃的。」

「請住手。」

仿作不知從何處冒出來。同在店裡工作，她的出現一點也不怪，但佐佐波總會被她的登場方式嚇到。
「我明明暗中策劃著增加常客的方法，爲什麼店長老是要妨礙我？」
暗中策劃嗎，她的辭彙實在有點偏離常識。
「下次烤的蛋糕說不定會成功啊。」
仿作將銀色托盤抱在胸前似地盤起雙手。
「可能性確實不是零。猴子在打字機隨機按鍵，也可能敲出莎士比亞的大作。」
佐佐波決定姑且確認一下她的意思。「妳是比喻每件事都要先嘗試再說嗎？」
「那是比喻每件事都要嘗試的話，人生實在太過短暫。」
佐佐波瞪著仿作，但她一臉不在意地向小暮井微笑。
「那就請您慢慢享用。」
「好的，謝謝。」
「也請店長別給客人造成困擾！」
最近她的態度愈來愈跋扈，佐佐波深感憂慮。
目送仿作走開，由紀開口。「感謝你們爲我做的各種幫助，眞的。」
「那只是工作，妳不用在意。」
「但仔細一想，我當初明明只委託找書。」
「這樣嗎？呃，我們只是爲了增加常客，特別注重售後服務而已。」
小暮井認眞嚴肅地點點頭。「我會再來委託別的案子。」

「那倒一次就夠了。妳在任何妳高興的時候到這裡來吃塊蛋糕，我們就不勝感激了。」

再讓那個服務生暗中策劃的話，總有一天整間店都會被她奪走，佐佐波決定自己這個店長偶爾該努力增加客人。

「好的，我也會以成爲這邊的常客爲目標。」

「那我會先把妳的名字登錄在常客名單上。」

「原來有常客名單這種東西嗎？」

「不，那是爲了登錄妳的名字而特別製作的。」

「亂來的話，可是會被仿作小姐罵哦。」

「我最近開始有點不安，是不是沒一個人記得我才是店長啊？」

由紀放聲大笑，隨後突然皺起臉。

「但我最近要唸書，我在暑假用功的時間比放假前還多。」

這麼一說，她現在還是考生。

「志願學校是哪間？」

「藝術大學的話，哪邊都可以。」

「哦，妳要正式學繪圖嗎？」

「開玩笑的。繪圖只是興趣，我想一點一點地繼續練習。」

「眞希望未來可以看到妳的畫啊。」

她笑了。「好啊，真的差勁到令人捧腹，就另一種意義上說不定挺值得期待。」

「那我就好好期待妳愈來愈進步了。」佐佐波深深低頭致意。「讀書中不好意思打擾了，就請您慢慢享用。」

佐佐波轉身背對小暮井由紀走向店內深處。雨坂一如往常待在老位子撐著臉頰，佐佐波也一如往常地背對著雨坂就座。

「小暮井有來。」

「嗯，剛才寒暄過。」

「什麼嘛，只有我不知道啊。」

「她請我在書上簽名。」

「你拒絕了？」

「當然。」

「你也服務一下嘛，她是新常客啊。」

「我在可能會變得比較親近的人面前，就會照我自己的想法行事。」

「所以你的朋友才少。」

「我就是重質不重量，不論哪個方面都是這樣。」

雨坂咚咚地敲桌子兩下。

「那麼，調查的結果如何？」

「還沒出來，現在還什麼都不知道。」

那麼，先在此進行稍嫌畫蛇添足的回想。

兩週前的圖書室中，星川奈奈子道出關於紫色指尖的消息。

＊

那是傍晚即將來臨的時候。

離開圖書室前，雨坂出聲。

「最後請告訴我一件事。」

什麼事？星川奈奈子歪歪頭。

「爲什麼妳知道那個幽靈男孩的身份——他在出生四個月後就去世，連自己的模樣都不清楚，妳怎麼知道他是內田勇次？」

那的確是個疑問。

誰也不知道幽靈就是內田勇次，勇次自己也不知道。

星川奈奈子略微垂下視線，像在煩惱什麼。

雨坂望著佐佐波，他期待著星川奈奈子的答案。

但如果聽不到聲音，那麼連無言的沉默也無法傳到耳中。

佐佐波搖搖頭當作答覆，於是雨坂追問。

「妳難道不是看見紫色的指尖嗎？」

紫色的指尖——那是雨坂追求的謎團，佐佐波也是如此。他在紫色指尖的引導下，辭去編輯的工作，回到這個城鎮。

星川奈奈子緩緩點頭。

「那個人無所不知，不論是勇次的事，還是哥哥的事，那個人都瞭若指掌。」

佐佐波連忙將她的話逐字寫在記事本，雨坂盯著字句。

「妳見到那個紫色的指尖了吧？」

星川奈奈子激動地搖搖頭，她彷彿陷入混亂。

「我那時什麼都不清楚，只看到紫色的指尖。那是和紫水晶十分相像，閃耀著紫色光輝的指尖。其他事情我就完全不知情了，因爲就算聽得到那個人的聲音，我也看不到那個人的臉或身體。」

又來了，又是相同的證言。

雨坂和佐佐波已經遇過許多幽靈，其中有看過紫色指尖的幽靈。

至今爲止共三人，而星川奈奈子是第四人。

幽靈的證詞全都一樣。

有紫色指尖的人無所不知。

有紫色指尖的人絕對不會露出全貌。

而且紫色的指尖——

「那個人問我一個問題，就像老師特地點學生回答問題。我完全不知道那有什麼意義，而那個人很清楚我不知道。」

那個人會對幽靈提出一個問題。

而那個問題會依每個遇見的幽靈不同而有差異。

「聖日耳曼的藥無法治癒的病是什麼？那個人這樣問我。」

這是第四個問題。

佐佐波甚至不需查看記事本，他記得所有問題。

可以破壞故事結局的是什麼？

能照亮看不見的東西的光位於何方？

是誰讓人意識到沒有結局的故事？

然後是這一次的「聖日耳曼的藥無法治癒的病是什麼？」

那是那人留下的問題，完全讓人搞不清楚其中意義。

星川奈奈子發出沙啞的聲音。

「那到底是什麼？」

即使是幽靈，聲音也會因恐懼而乾枯喑啞。

「為什麼你們在找那種東西？」

為什麼？答案非常明確。

「為了追求幸福快樂的結局。」

雨坂低聲說完後，佐佐波補充說明。

「我們為了讓某個故事以圓滿結局收場，一定要見到紫色指尖的人。」

某個故事——那個故事從十年前就停滯在悲劇的姿態。那是一個由有紫色指尖的人奪走一切，甚至連主角一役都遭取代奪取的故事。

＊

之後的兩週間，佐佐波一直在調查「聖日耳曼的藥」。

聖日耳曼伯爵被視為歐洲史上充滿謎團的人物。民間流傳著許多關於他的傳說，其中最有名的恐怕是關於他的藥的軼事。聖日耳曼伯爵持有的藥據說有讓人不老不死的力量。這應該是謊言，因為他本人於一七八四年，在德國的黑森林過世了。

不管怎麼調查都沒有關於「聖日耳曼的藥」的詳細資訊。雖然也有聖日耳曼的藥是丸狀藥錠的資料，但這種資料完全派不上用場。如果無法得知藥本身的資訊，自然也找不出無法被聖日耳曼的藥治癒的病。

雨坂以令他感到意外的輕快語調說：

「情報仍然不足吧。」

佐佐波笑了。

「是啊，慢慢來。起碼我們又朝紫色指尖的人邁進一步了。」

「可能吧。」

雨坂歪歪頭。雖然兩人現在背靠背，佐佐波根本看不見雨坂，但他猜得出來。

「說不定那個人正在靠近我們呢。」

「那是怎麼一回事？」

「到底怎麼一回事呢，我也只是隱隱約約有這樣的感覺而已。」

仿作終於拿著裝水的玻璃杯朝兩人走來。她徹底實行客人優於店長的作法。

這樣的態度正確，佐佐波哀怨地想。

佐佐波的疑問摻雜在她的腳步聲中。

「吶，雨坂，這次的故事算是快樂結局嗎？」

「我可不知道。」

現實是一個不完整的故事。

「不是我決定結局，是兩名少女和另一位少年。」

有人曾經說過快樂結局和悲劇結局的差別——作者在哪裡停止說故事。但現實沒有停止述說的一刻，只會持續不斷，結局永遠不會到來。

女服務生在桌上放下玻璃杯。

「特調咖啡還有戚風蛋糕，上面要擠滿奶油。」佐佐波說。

「伯爵茶，如果有餅乾的話也來一份。」雨坂說道。

然後，他終於發出沉睡時微小的鼻息。

佐佐波從口袋掏出文庫本並翻開書頁。

關於兩人的結局仍舊遙遠無比，至今連輪廓也無法看清。

NIL 02／北野坂偵探舍：人物心理描寫不足

原著書名／つれづれ、北野坂探偵舎 心理描写が足りてない
原出版者／角川書店
作　者／河野裕
翻　譯／鍾雨璇
封面插畫／AKRU
編輯總監／劉麗眞
責任編輯／詹凱婷
總 經 理／陳逸瑛
榮譽社長／詹宏志
發 行 人／涂玉雲
出 版 社／獨步文化
城邦文化事業股份有限公司
104台北市中山區民生東路二段141號5樓
電話：(02) 2500-7696　傳眞：(02) 2500-1967
發　行／英屬蓋曼群島商家庭傳媒股份有限公司
城邦分公司
104 台北市中山區民生東路二段141號2樓
網址／www.cite.com.tw
讀者服務專線／(02) 2500-7718；2500-7719
服務時間／週一至週五：09：30～12：00　13：30～17：00
24小時傳眞服務／(02) 2500-1900；2500-1991
讀者服務信箱E-mail／service@readingclub.com.tw
劃撥帳號／19863813
戶名／書虫股份有限公司
香港發行所／城邦（香港）出版集團有限公司
香港灣仔駱克道193號號1樓東超商業中心
電話／(852) 2508-6231　傳眞／(852) 2578-9337
E-mail／hkcite@biznetvigator.com
馬新發行所／城邦（馬新）出版集團
Cite (M) Sdn Bhd
41, Jalan Radin Anum, Bandar Baru Sri Petaling,
57000 Kuala Lumpur, Malaysia.
Tel: (603) 90578822
Fax:(603) 90576622
email:cite@cite.com.my
封面設計／馮議徹
印　刷／中原造像股份有限公司
排　版／游淑萍
●2015（民104）8月初版
售價299元
TSUREDURE, KITANOZAKA TANTEI SHA SHINRI BYOUSHA GA TARITENAI

Edited by KADOKAWA SHOTEN
First published in Japan in 2013 by KADOKAWA CORPORAION, Tokyo.
Chinese translation rights arranged with KADOKAWA CORPORAION, Tokyo.
through TOHAN CORPORATION, Tokyo
 ISBN 978-986-5651-33-6

國家圖書館出版品預行編目資料

北野坂偵探舍：人物心理描寫不足／河野裕著；鍾雨璇譯．–初版．– 台北市：獨步文化，城邦文化出版：家庭傳媒城邦分公司發行，民104.08
面；公分．--（NIL；02）
譯自：つれづれ、北野坂探偵舎：心理描写が足りてない
ISBN 978-986-5651-33-6（平裝）
861.57　　104011952